La llama doble

T0151727

Ensayo

Biografía

Premio Cervantes en 1981 y Premio Nobel en 1990, es una de las figuras capitales de la literatura contemporánea. Su poesía –reunida precedentemente en *Libertad bajo palabra* (1958), a la que siguieron *Salamandra* (1962), *Ladera Este* (1969), *Vuelta* (Seix Barral, 1976) y *Árbol adentro* (Seix Barral, 1987)– se recoge en el volumen *Obra poética 1935-1988* (Seix Barral, 1990). No menor en importancia y extensión es su obra ensayística, que comprende los siguientes títulos: *El laberinto de la soledad* (1950), *El arco y la lira* (1956), *Las peras del olmo* (1957; Seix Barral, 1971), *Cuadrivio* (1965; Seix Barral, 1991), *Puertas al campo* (1966; Seix Barral, 1972), *Corriente alterna* (1967), *Marcel Duchamp o el castillo de la pureza* (1968) y su reedición ampliada *Apariencia desnuda* (1973), *Conjunciones y disyunciones* (1969; Seix Barral, 1991), *Postdata* (1970), *El signo y el garabato* (1973; Seix Barral, 1991), *Los hijos del limo* (Seix Barral, 1974 y 1987), *El ogro filantrópico* (Seix Barral, 1979), *In/mediaciones* (Seix Barral, 1979), *Sor Juana Inés de la Cruz o las trampas de la fe* (Seix Barral, 1982), *Tiempo nublado* (Seix Barral, 1983 y 1986), *Sombras de obras* (Seix Barral, 1983), *Hombres en su siglo* (Seix Barral, 1984), *Pequeña crónica de grandes días*.

Octavio Paz
La llama doble
Amor y erotismo

Prólogo de Enrique Krauze

Seix Barral

Obra editada en colaboración con Editorial Planeta – España

© 1993, Octavio Paz
© 2014, Prólogo: Enrique Krauze

© 1993, Editorial Planeta, S.A. – Barcelona, España

Derechos reservados

© 2018, Editorial Planeta Mexicana, S.A. de C.V.
Bajo el sello editorial BOOKET M.R.
Avenida Presidente Masarik núm. 111,
Piso 2, Polanco V Sección, Miguel Hidalgo
C.P. 11560, Ciudad de México
www.planetadelibros.com.mx

Adaptación de portada: Cáskara / design & packaging
Fotografía de portada: © iStock

Primera edición impresa en España: noviembre de 1993
ISBN:978-84-322-1111-9

Primera edición impresa en México en Booket: octubre de 2018
Séptima reimpresión en México en Booket: mayo de 2023
ISBN: 978-607-07-5284-1

Impreso en los talleres de Impresora Tauro, S.A. de C.V.
Av. Año de Juárez 343, Colonia Granjas San Antonio, Iztapalapa
C.P. 09070, Ciudad de México.
Impreso en México –*Printed in Mexico*

INCANDESCENCIA DEL AMOR
por Enrique Krauze

Otro poeta del amor, el rey Salomón, escribió *El cantar de los cantares* en su juventud y terminó sus días lamentando, en el «Eclesiastés», la vanidad de vanidades en este mundo. El arco natural de la vida describe ese tránsito que está también en la poesía de Paz: de su temprana celebración de los cuerpos y el erotismo, a la contemplación serena de la mujer: «fuente en la noche. / Yo me fío a su fluir sosegado». Pero Paz no cedió a la estoica desazón. *La llama doble* es una carta de creencia en prosa sobre la facultad salvífica del amor.

En mayo de 1993 terminó de escribir *La llama doble*. Había trazado sus primeros esbozos en 1965, pero la fuerza misma del amor pleno que acababa de encontrar con Marie José Tramini lo llevó a postergar su proyecto indefinidamente. En esos años, y en las décadas dichosas que siguieron, la expresión del amor —su representación, su pasmo, su celebración— ocurrió en la poesía, más que en el ensayo. Pero ante el horizonte de los ochenta años sintió la necesidad de concluir aquel libro sobre el tema dominante de su vida y su obra, más dominante aún que el enigma del poder, y tan o más intenso que su devoción por México: el amor.

Yo escuché el rumor de ese libro desde mucho antes. Aunque nuestro vínculo era sobre todo editorial e intelectual, y hablábamos casi diariamente sobre asuntos de la revista *Vuelta*, éramos amigos y el tema del amor brotaba con frecuencia. Así me narró la vez cuando, de muy joven, sufrió una intempestiva traición, los celos lo poseyeron y halló consuelo en la lectura de Proust. Así también conocí algunos momentos de su apasionada y desdichada historia con Elena Garro, su primera mujer. Yo, por mi parte, escuchaba sus enseñanzas pero no creo haberlas comprendido entonces. Ahora las veo, nítidamente reflejadas en mi relectura de *La llama doble*.

«El amor está en la mirada», me dijo alguna vez, haciendo la señal de ese vaivén con su dedo índice e intermedio. Un hechizo mutuo que penetra por los ojos y desciende hasta el pozo profundo del alma, de las almas. Esa frase, eco de «Piedra de sol» («El mundo cambia / si dos se miran y se reconocen»), contiene la pregunta central que se hizo Paz sobre el amor, similar a la que se hizo sobre las realidades —los procesos, las entidades históricas— que acapararon su atención: la Revolución, el régimen totalitario, el destino de México. Y esa pregunta no atañe al cómo ni al cuándo, ni siquiera al porqué del amor, sino a su esencia.

Coleridge trazó la división entre aristotélicos y platónicos. En el tema del amor, los aristotélicos, ya sea en la tradición latina o en la árabe (pienso en *El arte de amar* de Ovidio o *El collar de la paloma*, de Ibn Hazm de Córdoba), compusieron célebres preceptivas (tan vigentes en su tiempo como en el nuestro) que seguían al amor en su movimiento habitual: del flechazo al encuentro, del abrazo al lecho, de la costumbre al desencuentro, de la separación a la ruptura. Son libros deliciosos y sabios, homenajes poéticos a la amada, plenos de detalles curiosos, de extraños brebajes, de argucias para la seducción y consuelos en la desdicha.

La llama doble no pertenece a esa rama sino a la contraria. Es el libro de un poeta platónico. Aunque desliza aquí y allá una sutil y variada preceptiva, no mira a la tierra sino al cielo, al cielo de las esencias. Su pregunta es la de *El banquete* de Platón y sus respuestas no son, en el fondo, muy distintas al mito del Andrógino que propone aquel diálogo: el encuentro de dos almas irrepetibles, la anhelada «completud» de dos mitades perdidas en el tiempo, la conquista —fugaz y eterna— de «nuestra ración de tiempo y paraíso», la última y más íntima comunión.

Todos los temas terrenales, sensuales, carnales del amor aparecen en *La llama doble*, pero transfigurados por la escala ascendente que postula: del sexo al erotismo, del erotismo al amor. A Paz no le interesan tanto las infinitas variantes de su presencia (su fenomenología, diríamos) sino su contribución a la esencia. A integrar los «elementos constitutivos» de esa «esencia» dedica páginas inolvidables, que no sólo representan una lección de sabiduría sentimental sino moral: el amor reclama una necesaria exclusividad, el amor trasciende los obstáculos, el amor se rinde a una servidumbre mutua porque parte de la mutua libertad otorgada y asumida.

Pero su gloria está en la conjunción genuina de los cuerpos y las almas: El amor... traslada al cuerpo los atributos del alma y éste deja de ser una prisión. El amante ama al cuerpo como si fuese alma y al alma como si fuese cuerpo. El amor mezcla la tierra con el cielo: es la gran subversión. Cada vez que el amante dice: «te amo para siempre», confiere a una criatura efímera y cambiante dos atributos divinos: la inmortalidad y la inmutabilidad. La contradicción es en verdad trágica: la carne se corrompe, nuestros días están contados. No obstante, amamos. Y amamos con el cuerpo y con el alma, en cuerpo y alma.

En páginas inolvidables, inspiradas, Paz recobra a Propercio y a Dante, poetas del amor que trasciende la vida. En otras revela el sentido de cada verso de Quevedo, en su «Amor constante más allá de la muerte» («polvo serán, mas polvo enamorado»). La fuerza de sus palabras, su verdad profunda, radica en la altura vital de quien las escribe: Paz vislumbra el horizonte de la muerte y encuentra en el amor la única respuesta para mirarla de frente.

Por el amor le robamos al tiempo que nos mata unas cuantas horas que transformamos a veces en paraíso y otras en infierno. De ambas maneras el tiempo se distiende y deja de ser una medida. Más allá de felicidad o infelicidad, aunque sea las dos cosas, el amor es intensidad; no nos regala la eternidad sino la vivacidad, ese minuto en el que se entreabren las puertas del tiempo y del espacio: aquí es allá y ahora es siempre. En el amor todo es dos y todo tiende a ser uno.

Habrá quien difiera de su concepto platónico y de la idea del «amor único». Habrá quien amplíe el reino autónomo del erotismo y reivindique la esfera del placer epicúreo. Habrá quien objete —con razón, a mi juicio— su concepto del amor filial como un sentimiento melancólico, fruto de la «piedad». Habrá quien exalte más el valor de la amistad. Pero nadie negará que *La llama doble* es el peldaño final en la poesía amorosa de Paz, su confesión postrera sobre la materia, el kármico resumen de su biografía, de su aprendizaje.

En aquel umbral, Paz arribó a un concepto sagrado del amor, una idea que trasgrede al cristianismo pero que también lo cumple: «Todo amor es eucaristía». *La llama doble* o la esencia incandescente del amor.

Marzo, 2014

LIMINAR

¿Cuándo se comienza a escribir un libro? ¿Cuánto tiempo tardamos en escribirlo? Preguntas fáciles en apariencia, arduas en realidad. Si me atengo a los hechos exteriores, comencé estas páginas en los primeros días de marzo de este año y lo terminé al finalizar abril: dos meses. La verdad es que comencé en mi adolescencia. Mis primeros poemas fueron poemas de amor y desde entonces este tema aparece constantemente en mi poesía. Fui también un ávido lector de tragedias y comedias, novelas y poemas de amor, de los cuentos de *Las mil noches y una noche* a *Romeo y Julieta* y *La cartuja de Parma*. Esas lecturas alimentaron mis reflexiones e iluminaron mis experiencias. En 1960 escribí medio centenar de páginas sobre Sade, en las que procuré trazar las fronteras entre la sexualidad animal, el erotismo humano y el dominio más restringido del amor. No quedé enteramente satisfecho pero aquel ensayo me sirvió para darme cuenta de la inmensidad del tema. Hacia 1965 vivía yo en la India; las noches eran azules y eléctricas como las del poema que canta los amores de Krishna y Radha. Me enamoré. Entonces decidí escribir un pequeño libro sobre el amor que, partiendo de la conexión íntima entre los tres dominios —el sexo, el erotismo y el amor—, fuese una exploración del sentimiento amoroso. Hice algunos apuntes. Tuve que detenerme: quehaceres inmediatos me reclamaron y me obligaron a aplazar el proyecto. Dejé la India y unos diez años después, en los Estados Unidos, escribí un ensayo acerca de Fourier, en el que volví sobre algunas de las ideas esbozadas en mis apuntes. Otras preocupaciones y trabajos, nuevamente, se interpusieron. Mi proyecto se alejaba más y más. No lo podía olvidar pero tampoco me sentía con ánimos para ejecutarlo.

Pasaron los años. Seguí escribiendo poemas que, con frecuencia, eran poemas de amor. En ellos aparecían, como frases musicales recurrentes —también como obsesiones—, imágenes que eran la cristalización de mis reflexiones. No le será difícil a un lector que haya leído un poco mis poemas encontrar puentes y correspondencias entre ellos y estas páginas. Para mí la poesía y el pensamiento son un sistema de vasos comunicantes. La fuente de ambos es mi vida: escribo sobre lo que he vivido y vivo. Vivir es también pensar y, a veces, atravesar esa frontera en la que sentir y pensar se funden: la poesía. Mientras tanto, el papel en que había garrapateado mis notas de la India se volvió amarillento y algunas páginas se perdieron en las mudanzas y en los viajes. Abandoné la idea de escribir el libro.

En diciembre pasado, al reunir algunos textos para una colección de ensayos (*Ideas y costumbres*) recordé aquel libro tantas veces pensado y nunca escrito. Más que pena, sentí vergüenza: no era un olvido sino una traición. Pasé algunas noches en vela, roído por los remordimientos. Sentí la necesidad de volver sobre mi idea y realizarla. Pero me detenía: ¿no era un poco ridículo, al final de mis días, escribir un libro sobre el amor? ¿O era un adiós, un testamento? Moví la cabeza, pensando que Quevedo, en mi lugar, habría aprovechado la ocasión para escribir un soneto satírico. Procuré pensar en otras cosas; fue inútil: la idea del libro no me dejaba. Transcurrieron varias semanas de dudas. De pronto, una mañana, me lancé a escribir con una suerte de alegre desesperación. A medida que avanzaba, surgían nuevas vistas. Había pensado en un ensayo de unas cien páginas y el texto se alargaba más y más con imperiosa espontaneidad hasta que, con la misma naturalidad y el mismo imperio, dejó de fluir. Me froté los ojos: había escrito un libro. Mi promesa estaba cumplida.

Este libro tiene una relación íntima con un poema que escribí hace unos pocos años: *Carta de creencia*. La expresión designa a la carta que llevamos con nosotros para ser creídos por personas desconocidas; en este caso, la mayoría de mis lectores. También puede interpretarse como una carta que contiene una declaración de nuestras creencias. Al menos, ése es el sentido que yo le doy. Repetir un título es feo y se presta a confusión. Por esto preferí otro título, que, además, me gusta: *La llama doble*. Según el *Diccionario de Autoridades* la llama es «la parte más sutil del fuego, que se eleva y levanta a lo alto en figura piramidal». El fuego original y primordial, la sexualidad, levanta la llama roja del erotismo y ésta, a su vez, sostiene y alza otra llama, azul y trémula: la del amor. Erotismo y amor: la llama doble de la vida.

Octavio Paz

México, a 4 de mayo de 1993

LOS REINOS DE PAN

La realidad sensible siempre ha sido para mí una fuente de sorpresas. También de evidencias. En un lejano artículo de 1940 aludí a la poesía como «el testimonio de los sentidos». Testimonio verídico: sus imágenes son palpables, visibles y audibles. Cierto, la poesía está hecha de palabras enlazadas que despiden reflejos, visos y cambiantes: ¿lo que nos enseña son realidades o espejismos? Rimbaud dijo: *Et j'ai vu quelquefois ce que l'homme a cru voir.* Fusión de *ver* y *creer*. En la conjunción de estas dos palabras está el secreto de la poesía y el de sus testimonios: aquello que nos muestra el poema no lo vemos con nuestros ojos de carne sino con los del espíritu. La poesía nos hace tocar lo impalpable y escuchar la marea del silencio cubriendo un paisaje devastado por el insomnio. El testimonio poético nos revela otro mundo dentro de este mundo, el mundo otro que es este mundo. Los sentidos, sin perder sus poderes, se convierten en servidores de la imaginación y nos hacen oír lo inaudito y ver lo imperceptible. ¿No es esto, por lo demás, lo que ocurre en el sueño y en el encuentro erótico? Lo mismo al soñar que en el acoplamiento, abrazamos fantasmas. Nuestra pareja tiene cuerpo, rostro y nombre pero su realidad real, precisamente en el momento más intenso del abrazo, se dispersa en una cascada de sensaciones que, a su vez, se disipan. Hay una pregunta que se hacen todos los enamorados y en ella se condensa el misterio erótico: ¿quién eres? Pregunta sin respuesta... Los sentidos son y no son de este mundo. Por ellos, la poesía traza un puente entre el *ver* y el *creer*. Por ese puente la imaginación cobra cuerpo y los cuerpos se vuelven imágenes.

La relación entre erotismo y poesía es tal que puede decirse, sin afectación, que el primero es una poética corporal y que la segunda es una erótica verbal. Ambos están constituidos por una oposición complementaria. El lenguaje —sonido que emite sentidos, trazo material que denota ideas incorpóreas— es capaz de dar nombre a lo más fugitivo y evanescente: la sensación; a su vez, el erotismo no es mera sexualidad animal: es ceremonia, representación. El erotismo es sexualidad transfigurada: metáfora. El agente que mueve lo mismo al acto erótico que al poético es la imaginación. Es la potencia que transfigura al sexo en ceremonia y rito, al lenguaje en ritmo y metáfora. La imagen poética es abrazo de realidades opuestas y la rima es cópula de sonidos; la poesía erotiza al lenguaje y al mundo porque ella misma, en su modo de operación, es ya erotismo. Y del mismo modo: el erotismo es una metáfora de la sexualidad animal. ¿Qué dice esa metáfora? Como todas las metáforas, designa algo que está más allá de la realidad que la origina, algo nuevo y distinto de los términos que la componen. Si Góngora dice *púrpura nevada*, inventa o descubre una realidad que, aunque hecha de ambas, no es sangre ni nieve. Lo mismo sucede con el erotismo: dice o, más bien: *es*, algo diferente a la mera sexualidad.

Aunque las maneras de acoplarse son muchas, el acto sexual dice siempre lo mismo: reproducción. El erotismo es sexo en acción pero, ya sea porque la desvía o la niega, suspende la finalidad de la función sexual. En la sexualidad, el placer sirve a la procreación; en los rituales eróticos el placer es un fin en sí mismo o tiene fines distintos a la reproducción. La esterilidad no sólo es una nota frecuente del erotismo sino que en ciertas ceremonias es una de sus condiciones. Una y otra vez los textos gnósticos y tántricos hablan del semen retenido por el oficiante o derramado en el altar. En la sexualidad la violencia y la agresión son componentes necesariamente ligados a la copulación y, así, a la reproducción; en el erotismo, las tendencias agresivas se emancipan, quiero decir: dejan de servir a la procreación, y se vuelven fines autónomos. En suma, la metáfora sexual, a través de sus infinitas variaciones, dice siempre *reproducción*; la metáfora erótica, indiferente a la perpetuación de la vida, pone entre paréntesis a la reproducción.

La relación de la poesía con el lenguaje es semejante a la del erotismo con la sexualidad. También en el poema —cristalización verbal— el lenguaje se desvía de su fin natural: la comunicación. La disposición lineal es una característica básica del lenguaje; las palabras se enlazan una tras otra de modo que el habla puede compararse a una vena de agua corriendo. En el poema, la linealidad se tuerce, vuelve sobre sus pasos, serpea: la línea recta cesa de ser el arquetipo en favor del círculo y la espiral. Hay un momento en que el lenguaje deja de deslizarse y, por decirlo así, se levanta y se mece sobre el vacío; hay otro en el que cesa de fluir y se transforma en un sólido transparente —cubo, esfera, obelisco— plantado en el centro de la página. Los significados se congelan o se dispersan; de una y otra manera, se niegan. Las palabras no dicen las mismas cosas que en la prosa; el poema no aspira ya a decir sino a ser. La poesía pone entre paréntesis a la comunicación como el erotismo a la reproducción.

Ante los poemas herméticos nos preguntamos perplejos: ¿qué dicen? Si leemos un poema más simple, nuestra perplejidad desaparece, no nuestro asombro: ¿ese lenguaje límpido —agua, aire— es el mismo en que están escritos los libros de sociología y los periódicos? Después, superado el asombro, no el encantamiento, descubrimos que el poema nos propone otra clase de comunicación, regida por leyes distintas a las del intercambio de noticias e informaciones. El lenguaje del poema es el lenguaje de todos los días y, al mismo tiempo, ese lenguaje dice cosas distintas a las que todos decimos. Ésta es la razón del recelo con que han visto a la poesía mística todas las Iglesias. San Juan de la Cruz no quería decir nada que se apartase de las enseñanzas de la Iglesia; no obstante, sin quererlo, sus poemas decían otras cosas. Los ejemplos podrían multiplicarse. La peligrosidad de la poesía es inherente a su ejercicio y es constante en todas las épocas y en todos los poetas. Hay siempre una hendedura entre el decir social y el poético: la poesía es la *otra* voz, como he dicho en otro escrito. Por esto es, a un tiempo, natural y turbadora su correspondencia con los aspectos del erotismo, negros y blancos, a que he aludido antes. Poesía y erotismo nacen de los sentidos pero no terminan en ellos. Al desplegarse, inventan configuraciones imaginarias: poemas y ceremonias.

No me propongo detenerme en las afinidades entre la poesía y el erotismo. En otras ocasiones he explorado el tema; ahora lo he evocado sólo como una introducción a un asunto distinto, aunque íntimamente asociado a la poesía: el amor. Ante todo, hay que distinguir al amor, propiamente dicho, del erotismo y de la sexualidad. Hay una relación tan íntima entre ellos que con frecuencia se les confunde. Por ejemplo, a veces hablamos de la vida sexual de fulano o de mengana pero en realidad nos referimos a su vida erótica. Cuando Swann y Odette hablaban de «faire catleya» no se referían simplemente a la copulación; Proust lo señala: «aquella manera particular de decir *hacer el amor* no significaba para ellos exactamente lo mismo que sus sinónimos». El acto erótico se desprende del acto sexual: es sexo y es otra cosa. Además, la palabra talismán, «catleya», tenía un sentido para Odette y otro para Swann: para ella designaba cierto placer erótico con cierta persona y para él era el nombre de un sentimiento terrible y doloroso: el amor que sentía por Odette. No es extraña la confusión: sexo, erotismo y amor son aspectos del mismo fenómeno, manifestaciones de lo que llamamos vida. El más antiguo de los tres, el más amplio y básico, es el sexo. Es la fuente primordial. El erotismo y el amor son formas derivadas del instinto sexual: cristalizaciones, sublimaciones, perversiones y condensaciones que transforman a la sexualidad y la vuelven, muchas veces, incognoscible. Como en el caso de los círculos concéntricos, el sexo es el centro y el pivote de esta geometría pasional.

El dominio del sexo, aunque menos complejo, es el más vasto de los tres. Sin embargo, a pesar de ser inmenso, es apenas una provincia de un reino aun más grande: el de la materia animada. A su vez, la materia viva es sólo una parcela del universo. Es muy probable, aunque no lo sabemos a ciencia cierta, que en otros sistemas solares de otras galaxias existan planetas con vida parecida a la nuestra; ahora bien, por más numerosos que pudiesen ser esos planetas, la vida seguiría siendo una ínfima parte del universo, una excepción o singularidad. Tal como lo concibe la ciencia moderna, y hasta donde nosotros, los legos, podemos comprender a los cosmólogos y a los físicos, el universo es un conjunto de galaxias en perpetuo movimiento de expansión. Cadena de excepciones: las leyes que rigen al movimiento del universo macrofísico no son, según parece, enteramente aplicables al universo de las partículas elementales. Dentro de esta gran división, aparece otra: la de la materia animada. La segunda ley de la termodinámica, la tendencia a la uniformidad y la entropía, cede el sitio a un proceso inverso: la individuación evolutiva y la incesante producción de especies nuevas y de organismos diferenciados. La flecha de la biología parece disparada en sentido contrario al de la flecha de la física. Aquí surge otra excepción: las células se multiplican por gemación, esporulación y otras modalidades, o sea por partenogénesis o autodivisión, salvo en un islote en el que la reproducción se realiza por la unión de células de distinto sexo (gametos). Este islote es el de la sexualidad y su dominio, más bien reducido, abarca al reino animal y a ciertas especies del reino vegetal. El género humano comparte con los animales y con ciertas plantas la necesidad de reproducirse por el método del acoplamiento y no por el más simple de la autodivisión.

Una vez delimitadas, en forma sumaria y grosera, las fronteras de la sexualidad, podemos trazar una línea divisoria entre ésta y el erotismo. Una línea sinuosa y no pocas veces violada, sea por la irrupción violenta del instinto sexual o por las incursiones de la fantasía erótica. Ante todo, el erotismo es exclusivamente humano: es sexualidad socializada y transfigurada por la imaginación y la voluntad de los hombres. La primera nota que diferencia al erotismo de la sexualidad es la infinita variedad de formas en que se manifiesta, en todas las épocas y en todas las tierras. El erotismo es invención, variación incesante; el sexo es siempre el mismo. El protagonista del acto erótico es el sexo o, más exactamente, los sexos. El plural es de rigor porque, incluso en los placeres llamados solitarios, el deseo sexual inventa siempre una pareja imaginaria... o muchas. En todo encuentro erótico hay un personaje invisible y siempre activo: la imaginación, el deseo. En el acto erótico intervienen siempre dos o más, nunca uno. Aquí aparece la primera diferencia entre la sexualidad animal y el erotismo humano: en el segundo, uno o varios de los participantes puede ser un ente imaginario. Sólo los hombres y las mujeres copulan con íncubos y súcubos.

Las posturas básicas, según los grabados de Giulio Romano, son dieciséis, pero las ceremonias y juegos eróticos son innumerables y cambian continuamente por la acción constante del deseo, padre de la fantasía. El erotismo cambia con los climas y las geografías, con las sociedades y la historia, con los individuos y los temperamentos. También con las ocasiones, el azar y la inspiración del momento. Si el hombre es una criatura «ondulante», el mar en donde se mece está movido por las olas caprichosas del erotismo. Ésta es otra diferencia entre la sexualidad y el erotismo. Los animales se acoplan siempre de la misma manera; los hombres se miran en el espejo de la universal copulación animal; al imitarla, la transforman y transforman su propia sexualidad. Por más extraños que sean los ayuntamientos animales, unos tiernos y otros feroces, no hay cambio alguno en ellos. El palomo zurea y hace la ronda en torno a la hembra, la mantis religiosa devora al macho una vez fecundada, pero esas ceremonias son las mismas desde el principio. Aterradora y prodigiosa monotonía que se vuelve, en el mundo del hombre, aterradora y prodigiosa variedad.

En el seno de la naturaleza el hombre se ha creado un mundo aparte, compuesto por ese conjunto de prácticas, instituciones, ritos, ideas y cosas que llamamos cultura. En su raíz, el erotismo es sexo, naturaleza; por ser una creación y por sus funciones en la sociedad, es cultura. Uno de los fines del erotismo es domar al sexo e insertarlo en la sociedad. Sin sexo no hay sociedad pues no hay procreación; pero el sexo también amenaza a la sociedad. Como el dios Pan, es creación y destrucción. Es instinto: temblor pánico, explosión vital. Es un volcán y cada uno de sus estallidos puede cubrir a la sociedad con una erupción de sangre y semen. El sexo es subversivo: ignora las clases y las jerarquías, las artes y las ciencias, el día y la noche: duerme y sólo despierta para fornicar y volver a dormir. Nueva diferencia con el mundo animal: la especie humana padece una insaciable sed sexual y no conoce, como los otros animales, períodos de celo y períodos de reposo. O dicho de otro modo: el hombre es el único ser vivo que no dispone de una regulación fisiológica y automática de su sexualidad.

Lo mismo en las ciudades modernas que en las ruinas de la Antigüedad, a veces en las piedras de los altares y otras en las paredes de las letrinas, aparecen las figuras del falo y la vulva. Príapo en erección perpetua y Astarté en jadeante y sempiterno celo acompañan a los hombres en todas sus peregrinaciones y aventuras. Por esto hemos tenido que inventar reglas que, a un tiempo, canalicen al instinto sexual y protejan a la sociedad de sus desbordamientos. En todas las sociedades hay un conjunto de prohibiciones y tabúes —también de estímulos e incentivos— destinados a regular y controlar al instinto sexual. Esas reglas sirven al mismo tiempo a la sociedad (cultura) y a la reproducción (naturaleza). Sin esas reglas la familia se desintegraría y con ella la sociedad entera. Sometidos a la perenne descarga eléctrica del sexo, los hombres han inventado un pararrayos: el erotismo. Invención equívoca, como todas las que hemos ideado: el erotismo es dador de vida y de muerte. Comienza a dibujarse ahora con mayor precisión la ambigüedad del erotismo: es represión y es licencia, sublimación y perversión. En uno y otro caso la función primordial de la sexualidad, la reproducción, queda subordinada a otros fines, unos sociales y otros individuales. El erotismo defiende a la sociedad de los asaltos de la sexualidad pero, asimismo, niega a la función reproductiva. Es el caprichoso servidor de la vida y de la muerte.

Las reglas e instituciones destinadas a domar al sexo son numerosas, cambiantes y contradictorias. Es vano enumerarlas: van del tabú del incesto al contrato del matrimonio, de la castidad obligatoria a la legislación sobre los burdeles. Sus cambios desafían a cualquier intento de clasificación que no sea el del mero catálogo: todos los días aparece una nueva práctica y todos los días desaparece otra. Sin embargo, todas ellas están compuestas por dos términos: la abstinencia y la licencia. Ni una ni otra son absolutas. Es explicable: la salud psíquica de la sociedad y la estabilidad de sus instituciones dependen en gran parte del diálogo contradictorio entre ambas. Desde los tiempos más remotos las sociedades pasan por períodos de castidad o continencia seguidos de otros de desenfreno. Un ejemplo inmediato: la cuaresma y el carnaval. La Antigüedad y el Oriente conocieron también este doble ritmo: la bacanal, la orgía, la penitencia pública de los aztecas, las procesiones cristianas de desagravio, el Ramadán de los musulmanes. En una sociedad secular como la nuestra, los períodos de castidad y de licencia, casi todos asociados al calendario religioso, desaparecen como prácticas colectivas consagradas por la tradición. No importa: se conserva intacto el carácter dual del erotismo, aunque varía su fundamento: deja de ser un mandamiento religioso y cíclico para convertirse en una prescripción de orden individual. Esa prescripción casi siempre tiene un fundamento moral, aunque a veces también acude a la autoridad de la ciencia y la higiene. El miedo a la enfermedad no es menos poderoso que el temor a la divinidad o que el respeto a la ley ética. Aparece nuevamente, ahora despojada de su aureola religiosa, la doble faz del erotismo: fascinación ante la vida y ante la muerte. El significado de la metáfora erótica es ambiguo. Mejor dicho: es plural. Dice muchas cosas, todas distintas, pero en todas ellas aparecen dos palabras: placer y muerte.

Nueva excepción dentro de la gran excepción que es el erotismo frente al mundo animal: en ciertos casos la abstención y la licencia, lejos de ser relativos y periódicos, son absolutos. Son los extremos del erotismo, su más allá y, en cierto modo, su esencia. Digo esto porque el erotismo es, en sí mismo, deseo: un disparo hacia un más allá. Señalo que el ideal de una absoluta castidad o de una licencia no menos absoluta son realmente ideales; quiero decir, muy pocas veces, tal vez nunca, pueden realizarse completamente. La castidad del monje y de la monja está continuamente amenazada por las imágenes lúbricas que aparecen en los sueños y por las poluciones nocturnas; el libertino, por su parte, pasa por períodos de saciedad y de hartazgo, además de estar sujeto a los insidiosos ataques de la impotencia. Unos son víctimas, durante el sueño, del abrazo quimérico de los íncubos y los súcubos; otros están condenados, durante la vigilia, a atravesar los páramos y desiertos de la insensibilidad. En fin, realizables o no, los ideales de absoluta castidad y de total libertinaje pueden ser colectivos o individuales. Ambas modalidades se insertan en la economía vital de la sociedad, aunque la segunda, en sus casos más extremos, es una tentativa personal por romper los lazos sociales y se presenta como una liberación de la condición humana.

No necesito detenerme en las órdenes religiosas, comunidades y sectas que predican una castidad más o menos absoluta en conventos, monasterios, *ashrams* y otros lugares de recogimiento. Todas las religiones conocen esas cofradías y hermandades. Es más difícil documentar la existencia de comunidades libertinas. A diferencia de las asociaciones religiosas, casi siempre parte de una Iglesia y por tal razón reconocidas públicamente, los grupos libertinos se han reunido casi siempre en lugares apartados y secretos. En cambio, es fácil atestar su realidad social: aparecen en la literatura de todas las épocas, lo mismo en las de Oriente que en las de Occidente. Han sido y son no sólo una realidad social clandestina sino un género literario. Así, han sido y son doblemente reales. Las prácticas eróticas colectivas de carácter público han asumido constantemente formas religiosas. No es necesario, para probarlo, recordar los cultos fálicos del neolítico o las bacanales y saturnales de la Antigüedad grecorromana; en dos religiones marcadamente ascéticas, el budismo y el cristianismo, figura también y de manera preeminente la unión entre la sexualidad y lo sagrado. Cada una de las grandes religiones históricas ha engendrado, en sus afueras o en sus entrañas mismas, sectas, movimientos, ritos y liturgias en las que la carne y el sexo son caminos hacia la divinidad. No podía ser de otro modo: el erotis-

mo es ante todo y sobre todo *sed de otredad*. Y lo sobrenatural es la radical y suprema otredad.

Las prácticas eróticas religiosas sorprenden lo mismo
por su variedad como por su recurrencia. La copulación
ritual colectiva fue practicada por las sectas tántricas de
la India, por los taoístas en China y por los cristianos
gnósticos en el Mediterráneo. Lo mismo sucede con la
comunión con el semen, un rito de los adeptos del tantrismo, de los gnósticos adoradores de Barbelo y de otros
grupos. Muchos de estos movimientos erótico-religiosos,
inspirados por sueños milenaristas, unieron la religión, el
erotismo y la política; entre otros, los Turbantes amari-
llos (taoístas) en China y los anabaptistas de Jean de Ley-
den en Holanda. Subrayo que en todos esos rituales, con
dos o tres excepciones, la reproducción no juega papel alguno, salvo negativo. En el caso de los gnósticos, el semen
y la sangre menstrual debían ser ingeridos para reinte-
grarlos al Gran Todo, pues creían que este mundo era la
creación de un demiurgo perverso; entre los tántricos y
los taoístas, aunque por razones inversas, la retención del
semen era de rigor; en el tantrismo hindú, el semen se
derramaba como una oblación. Probablemente éste era
también el sentido del bíblico «pecado de Onán». El *coitus interruptus* formaba parte, casi siempre, de aquellos
rituales. En suma, en el erotismo religioso se invierte radicalmente el proceso sexual: expropiación de los inmensos poderes del sexo en favor de fines distintos o contrarios a la reproducción.

El erotismo encarna asimismo en dos figuras emblemáti-
cas: la del religioso solitario y la del libertino. Emblemas
opuestos pero unidos en el mismo movimiento: ambos

niegan a la reproducción y son tentativas de salvación o de liberación personal frente a un mundo caído, perverso, incoherente o irreal. La misma aspiración mueve a las sectas y a las comunidades, sólo que en ellas la salvación es una empresa colectiva —son una sociedad dentro de la sociedad— mientras que el asceta y el libertino son asociales, individuos frente o contra la sociedad. El culto a la castidad, en Occidente, es una herencia del platonismo y de otras tendencias de la Antigüedad para las que el alma inmortal era prisionera del cuerpo mortal. La creencia general era que un día el alma regresaría al Empíreo; el cuerpo volvería a la materia informe. Sin embargo, el desprecio al cuerpo no aparece en el judaísmo, que exaltó siempre los poderes genésicos: *creced y multiplicaos* es el primer mandamiento bíblico. Tal vez por esto y, sobre todo, por ser la religión de la encarnación de Dios en un cuerpo humano, el cristianismo atenuó el dualismo platónico con el dogma de la resurrección de la carne y con el de los «cuerpos gloriosos». Al mismo tiempo, se abstuvo de ver en el cuerpo un camino hacia la divinidad, como lo hicieron otras religiones y muchas sectas heréticas. ¿Por qué? Sin duda por la influencia del neoplatonismo en los Padres de la Iglesia.

En Oriente el culto a la castidad comenzó como un método para alcanzar la longevidad: ahorrar semen era ahorrar vida. Lo mismo sucedía con los efluvios sexuales de la mujer. Cada descarga seminal y cada orgasmo femenino eran una pérdida de vitalidad. En un segundo momento de la evolución de estas creencias, la castidad se convirtió en un método para adquirir, mediante el dominio de los sentidos, poderes sobrenaturales e incluso, en el taoísmo, la inmortalidad. Ésta es la esencia del yoga. A pesar de estas diferencias, la castidad cumple la misma función en Oriente que en Occidente: es una prueba, un ejercicio que nos fortifica espiritualmente y nos permite dar el gran salto de la naturaleza humana a la sobrenatural.

La castidad sólo es un camino entre otros. Como en el caso de las prácticas eróticas colectivas, el yogui y el asceta podían servirse de las prácticas sexuales del erotismo, no para reproducirse sino para alcanzar un fin propiamente sobrenatural, sea éste la comunión con la divinidad, el éxtasis, la liberación o la conquista de «lo incondicionado». Muchos textos religiosos, entre ellos algunos grandes poemas, no vacilan en comparar al placer sexual con el deleite extático del místico y con la beatitud de la unión con la divinidad. En nuestra tradición es menos frecuente que en la oriental la fusión entre lo sexual y lo espiritual. Sin embargo, el Antiguo Testamento abunda en historias eróticas, muchas de ellas trágicas e incestuosas; algunas han inspirado textos memorables, como la de Ruth, que le sirvió a Victor Hugo para escribir *Booz endormi*, un poema nocturno en el que «la sombra es nupcial». Pero los textos hindúes son más explícitos. Por ejemplo, el famoso poema sánscrito de Jayadeva, *Gitagovinda*, canta los amores adúlteros del dios Krishna (el Señor Obscuro) con la vaquera Radha. Como en el caso del *Cantar de los cantares*, el sentido religioso del poema es indistinguible de su sentido erótico profano: son dos aspectos de la misma realidad. En los místicos sufíes es frecuente la confluencia de la visión religiosa y la erótica. La comunión se compara a veces con un festín entre dos amantes en el que el vino corre en abundancia. Ebriedad divina, éxtasis erótico.

Aludí más arriba al *Cantar de los cantares* de Salomón. Esta colección de poemas de amor profano, una de las obras eróticas más hermosas que ha creado la palabra poética, no ha cesado de alimentar la imaginación y la sensualidad de los hombres desde hace más de dos mil años. La tradición judía y la cristiana han interpretado esos poemas como una alegoría de las relaciones entre Jehová e Israel o entre Cristo y la Iglesia. A esta confusión le debemos el *Cántico Espiritual* de San Juan de la Cruz, uno de los poemas más intensos y misteriosos de la lírica de Occidente. Es imposible leer los poemas del místico español únicamente como textos eróticos o como textos religiosos. Son lo uno, lo otro y algo más, algo sin lo cual no serían lo que son: poesía. La ambigüedad de los poemas de San Juan ha tropezado, en la época moderna, con resistencias y equívocos. Algunos se empeñan en verlos como textos esencialmente eróticos: otros los juzgan sacrílegos. Recuerdo el escándalo del poeta Auden ante ciertas imágenes del *Cántico Espiritual*: le parecían una grosera confusión entre la esfera carnal y la espiritual.

La crítica de Auden era más platónica que cristiana. Debemos a Platón la idea del erotismo como un impulso vital que asciende, escalón por escalón, hacia la contemplación del sumo bien. Esta idea contiene otra: la de la paulatina purificación del alma que, a cada paso, se aleja más y más de la sexualidad hasta que, en la cumbre de su ascensión, se despoja de ella enteramente. Pero lo que nos dice la experiencia religiosa —sobre todo a través del testimonio de los místicos— es precisamente lo contrario: el erotismo, que es sexualidad transfigurada por la imaginación humana, no desaparece en ningún caso. Cambia, se transforma continuamente y, no obstante, nunca deja de ser lo que es originalmente: impulso sexual.

En la figura opuesta, la del libertino, no hay unión entre religión y erotismo; al contrario, hay oposición neta y clara: el libertino afirma el placer como único fin frente a cualquier otro valor. El libertino casi siempre se opone con pasión a los valores y a las creencias religiosas o éticas que postulan la subordinación del cuerpo a un fin trascendente. El libertinaje colinda, en uno de sus extremos, con la crítica y se transforma en una filosofía; en el otro, con la blasfemia, el sacrilegio y la profanación, formas inversas de la devoción religiosa. Sade se jactaba de profesar un intransigente ateísmo filosófico pero en sus libros abundan los pasajes de religioso furor irreligioso y en su vida tuvo que enfrentarse a varias acusaciones de sacrilegio e impiedad, como las del proceso de 1772 en Marsella. André Breton me dijo alguna vez que su ateísmo era una creencia; podría decirse también que el libertinaje es una religión al revés. El libertino niega al mundo sobrenatural con tal vehemencia que sus ataques son un homenaje y, a veces, una consagración. Es otra y más significativa la verdadera diferencia entre el anacoreta y el libertino: el erotismo del primero es una sublimación solitaria y sin intermediarios; el del segundo es un acto que requiere, para realizarse, el concurso de un cómplice o la presencia de una víctima. El libertino necesita siempre al otro y en esto consiste su condenación: depende de su objeto y es el esclavo de su víctima.

El libertinaje, como expresión del deseo y de la imaginación exasperada, es inmemorial. Como reflexión y como filosofía explícita es relativamente moderno. La curiosa evolución de las palabras *libertinaje* y *libertino* puede ayudarnos a comprender el no menos curioso destino del erotismo en la Edad Moderna. En español, libertino significó al principio «hijo de liberto» y sólo más tarde designó a una persona disoluta y de vida licenciosa. En francés, la palabra tuvo durante el siglo XVII un sentido afín al de *liberal* y *liberalidad*: generosidad, desprendimiento. Los libertinos, al principio, fueron poetas o, como Cyrano de Bergerac, poetas-filósofos. Espíritus aventureros, fantásticos, sensuales, guiados por la loca imaginación como Théophile de Viau y Tristan L'Hermite. El sentido de ligereza y desenvoltura de la palabra libertinaje en el siglo XVIII lo expresa con mucha gracia Madame de Sévigné: «Je suis tellement libertine quand j'écris, que le premier tour que je prends règne tout le long de ma lettre.» En el siglo XVIII el libertinaje se volvió filosófico. El libertino fue el intelectual crítico de la religión, las leyes y las costumbres. El deslizamiento fue insensible y la filosofía libertina convirtió al erotismo de pasión en crítica moral. Fue la máscara ilustrada que asumió el erotismo intemporal al llegar a la Edad Moderna. Cesó de ser religión o profanación, y en ambos casos rito, para transformarse en ideología y opinión. Desde entonces el falo y la vulva se han vuelto ergotistas y fiscalizan nuestras costumbres, nuestras ideas y nuestras leyes.

La expresión más total y, literalmente, tajante, de la filosofía libertina fueron las novelas de Sade. En ellas se denuncia a la religión con no menos furia que al alma y al amor. Es explicable. La relación erótica ideal implica, por parte del libertino, un poder ilimitado sobre el objeto erótico, unido a una indiferencia igualmente sin límites sobre su suerte; por parte del «objeto erótico», una complacencia total ante los deseos y caprichos de su señor. De ahí que los libertinos de Sade reclamen siempre la absoluta obediencia de sus víctimas. Estas condiciones nunca se pueden satisfacer; son premisas filosóficas, no realidades psicológicas y físicas. El libertino necesita, para satisfacer su deseo, saber (y para él saber es sentir) que el cuerpo que toca es una sensibilidad y una voluntad que sufren. El libertinaje exige cierta autonomía de la víctima, sin la cual no se produce la contradictoria sensación que llamamos placer/dolor. El sadomasoquismo, centro y corona del libertinaje, es asimismo su negación. En efecto, la sensación niega, por un lado, la soberanía del libertino, lo hace depender de la sensibilidad del «objeto»; por el otro, niega también la pasividad de la víctima. El libertino y su víctima se vuelven cómplices a costa de una singular derrota filosófica: se rompe, al mismo tiempo, la infinita impasibilidad del libertino y la infinita pasividad de la víctima. El libertinaje, filosofía de la sensación, postula como fin una imposible insensibilidad: la ataraxia de los antiguos. El libertinaje es contradictorio: busca simultáneamente la destrucción del otro y su resurrección. El castigo es que el otro no resucita como cuerpo sino como sombra. Todo lo que ve y toca el libertino pierde realidad. Su realidad depende de la de su víctima: sólo ella es real y ella es sólo un grito, un gesto que se disipa. El libertino vuelve fantasma todo lo que toca y él mismo se vuelve sombra entre las sombras.

En la historia de la literatura erótica Sade y sus continuadores ocupan una posición singular. A pesar de la rabiosa alegría con que acumulan sus lóbregas negaciones, son descendientes de Platón, que exaltó siempre al Ser. Descendientes luciferinos: hijos de la luz caída, la luz negra. Para la tradición filosófica Eros es una divinidad que comunica a la obscuridad con la luz, a la materia con el espíritu, al sexo con la idea, al aquí con el allá. Por estos filósofos habla la luz negra, que es la mitad del erotismo: media filosofía. Para encontrar visiones más completas hay que acudir no sólo a los filósofos sino a los poetas y a los novelistas. Reflexionar sobre Eros y sus poderes no es lo mismo que expresarlo; esto último es el don del artista y del poeta. Sade fue un escritor prolijo y pesado, lo contrario de un gran artista; Shakespeare y Stendhal nos dicen más sobre la enigmática pasión erótica y sus sorprendentes manifestaciones que Sade y sus modernos discípulos, encarnizados en transformarla en un discurso filosófico. En los escritos de estos últimos las mazmorras y los lechos de navajas del sado-masoquismo se han convertido en una tediosa cátedra universitaria en la que disputan interminablemente la pareja placer/dolor. La superioridad de Freud reside en que supo unir su experiencia de médico con su imaginación poética. Hombre de ciencia y poeta trágico, Freud nos mostró el camino de la comprensión del erotismo: las ciencias biológicas unidas a la intuición de los grandes poetas. Eros es solar y nocturno: todos lo sienten pero pocos lo ven. Fue una presencia invisible para su enamorada Psiquis por la misma razón que el sol es invisible en pleno día: por exceso de luz. El doble aspecto de Eros, luz y sombra, cristaliza en una imagen mil veces repetida por los poetas de la *Antología Griega*: la lámpara encendida en la obscuridad de la alcoba.

Si queremos conocer la faz luminosa del erotismo, su radiante aprobación de la vida, basta con mirar por un instante una de esas figurillas de fertilidad del neolítico: el tallo de arbusto joven, la redondez de las caderas, las manos que oprimen unos senos frutales, la sonrisa extática. O al menos, si no podemos visitarlo, ver alguna reproducción fotográfica de las inmensas figuras de hombres y mujeres esculpidas en el santuario budista de Karli, en la India. Cuerpos como ríos poderosos o como montañas pacíficas, imágenes de una naturaleza al fin satisfecha, sorprendida en ese momento de acuerdo con el mundo y con nosotros mismos que sigue al goce sexual. Dicha solar: el mundo sonríe. ¿Por cuánto tiempo? El tiempo de un suspiro: una eternidad. Sí, el erotismo se desprende de la sexualidad, la transforma y la desvía de su fin, la reproducción; pero ese desprendimiento es también un regreso: la pareja vuelve al mar sexual y se mece en su oleaje infinito y apacible. Allí recobra la inocencia de las bestias. El erotismo es un ritmo: uno de sus acordes es separación, el otro es regreso, vuelta a la naturaleza reconciliada. El más allá erótico está aquí y es ahora mismo. Todas las mujeres y todos los hombres han vivido esos momentos: es nuestra ración de paraíso.

La experiencia que acabo de evocar es la del regreso a la realidad primordial, anterior al erotismo, al amor y al éxtasis de los contemplativos. Este regreso no es huida de la muerte ni negación de los aspectos terribles del erotismo: es una tentativa por comprenderlos e integrarlos a la totalidad. Comprensión no intelectual sino sensible: saber de los sentidos. Lawrence buscó toda su vida ese saber; un poco antes de morir, milagrosa recompensa, nos dejó en un fascinante poema un testimonio de su descubrimiento: el regreso al Gran Todo es el descenso al fondo, al palacio subterráneo de Plutón y de Perséfone, la muchacha que cada primavera vuelve a la tierra. Regreso al lugar del origen, donde muerte y vida se abrazan:

¡Dadme una genciana, una antorcha!
Que la antorcha bífida, azul, de esta flor me guíe
por las gradas obscuras, a cada paso más obscuras,
hacia abajo, donde el azul es negro y la negrura azul,
donde Perséfone, ahora mismo, desciende del helado
  Septiembre
al reino ciego donde el obscuro se tiende sobre la
  obscura,

y ella es apenas una voz entre los brazos plutónicos,
una invisible obscuridad abrazada a la profundidad
  negra,
atravesada por la pasión de la densa tiniebla
bajo el esplendor de las antorchas negras que derraman
sombra sobre la novia perdida y su esposo.[1]

---

1. *Bavarian Gentians*. La traducción del fragmento es mía.

EROS Y PSIQUIS

Una de las primeras apariciones del amor, en el sentido estricto de la palabra, es el cuento de Eros y Psiquis que inserta Apuleyo en uno de los libros más entretenidos de la Antigüedad grecorromana: *El asno de oro* (o *Las metamorfosis*). Eros, divinidad cruel y cuyas flechas no respetan ni a su madre ni al mismo Zeus, se enamora de una mortal, Psiquis. Es una historia, dice Pierre Grimal, «directamente inspirada por el *Fedro*, de Platón: el alma individual (Psiquis), imagen fiel del alma universal (Venus), se eleva progresivamente, gracias al amor (Eros), de la condición mortal a la inmortalidad divina». La presencia del alma en una historia de amor es, en efecto, un eco platónico y lo mismo debo decir de la búsqueda de la inmortalidad, conseguida por Psiquis al unirse con una divinidad. De todos modos, se trata de una inesperada transformación del platonismo: la historia es un cuento de amor realista (incluso hay una suegra cruel: Venus), no el relato de una aventura filosófica solitaria. No sé si los que se han ocupado de este asunto hayan reparado en lo que, para mí, es la gran y verdadera novedad del cuento: Eros, un dios, se enamora de una muchacha que es la personificación del alma, Psiquis.

Subrayo, en primer término, que el amor es mutuo y correspondido: ninguno de los dos amantes es un objeto de contemplación para el otro; tampoco son gradas en la escala de la contemplación. Eros quiere a Psiquis y Psiquis a Eros; por esto, muy prosaicamente, terminan por casarse. Son innumerables las historias de dioses enamorados de mortales pero en ninguno de esos amores, invariablemente sensuales, figura la atracción por el alma de la persona amada. El cuento de Apuleyo anuncia una visión del amor destinada a cambiar, mil años después, la historia espiritual de Occidente. Otro portento: Apuleyo fue un iniciado en los misterios de Isis y su novela termina con la aparición de la diosa y la redención de Lucio, que había sido transformado en asno para castigarlo por su impía curiosidad. La transgresión, el castigo y la redención son elementos constitutivos de la concepción occidental del amor. Es el tema de Goethe en el *Segundo Fausto*, el de Wagner en *Tristán e Isolda* y el de *Aurelia* de Nerval.

En el cuento de Apuleyo, la joven Psiquis, castigada por su curiosidad —o sea: por ser la esclava y no la dueña de su deseo—, tiene que descender al palacio subterráneo de Plutón y Proserpina, reino de los muertos pero también de las raíces y los gérmenes: promesa de resurrección. Pasada la prueba, Psiquis vuelve a la luz y recobra a su amante: Eros el invisible al fin se manifiesta. Tenemos otro texto que termina también con un regreso y que puede leerse como la contrapartida de la peregrinación de Psiquis. Me refiero a las últimas páginas del *Ulises* de Joyce. Después de vagabundear por la ciudad, los dos personajes, Bloom y Stephen, regresan a la casa de Ulises-Bloom. O sea: a Itaca, donde los espera Penélope-Molly. La mujer de Bloom es todas las mujeres o, más bien, es la mujer: la fuente perennal, el gran coño, la montaña madre, nuestro comienzo y nuestro fin. Al ver a Stephen, joven poeta, Molly decide que pronto será su amante. Molly no sólo es Penélope sino Venus pero, sin la poesía y sus poderes de consagración, no es ni mujer ni diosa. Aunque Molly es una ignorante, sabe que ella no es nada sin el lenguaje, sin las metáforas sublimes o idiotas del deseo. Por esto se adorna con piropos, canciones y tonadas a la moda como si fuesen collares, aretes y pulseras. La poesía, la más alta y la más baja, es su espejo: al ver su imagen, se adentra en ella, se abisma en su ser y se convierte en un manantial.

Los espejos y su doble: las fuentes, aparecen en la historia de la poesía erótica como emblemas de caída y de resurrección. Como la mujer que en ellas se contempla, las fuentes son agua de perdición y agua de vida; verse en esas aguas, caer en ellas y salir a flote, es volver a nacer. Molly es un manantial y habla sin cesar en un largo soliloquio que es como el inagotable murmullo que mana de una fuente. ¿Y qué dice? Todo ese torrente de palabras es un gran Sí a la vida, un Sí indiferente al bien o al mal, un Sí egoísta, próvido, ávido, generoso, opulento, estúpido, cósmico, un Sí de aceptación que funde y confunde en su monótono fluir al pasado, al presente y al futuro, a lo que fuimos y somos y seremos, todo junto y todos juntos en una gran exclamación como un oleaje que alza, hunde y revuelve a todos en un todo sin comienzo ni fin:

> Sí el mar carmesí a veces como el fuego y las gloriosas puestas de sol y las higueras en los jardines de la Alameda sí y todas las extrañas callejuelas y las casas rosadas y azules y amarillas y los jardines de rosas y de jazmines y de geranios y de cactos y Gibraltar cuando yo era chica y donde yo era una Flor de la Montaña sí cuando me puse la rosa en el cabello como hacían las chicas andaluzas o me pondré una colorada sí y cómo me besó bajo la pared morisca

y yo pensé bueno tanto da él como otro y después le pedí con los ojos que me lo preguntara otra vez y después él me preguntó si yo quería sí para que dijera sí mi flor de la montaña y yo primero lo rodeé con mis brazos sí y lo atraje hacia mí para que pudiera sentir mis senos todo perfume sí y su corazón golpeaba loco y sí yo dije quiero sí.[1]

El sentimiento amoroso es una excepción dentro de esa gran excepción que es el erotismo frente a la sexualidad. Pero es una excepción que aparece en todas las sociedades y en todas las épocas. No hay pueblo ni civilización que no posea poemas, canciones, leyendas o cuentos en los que la anécdota o el argumento —el mito, en el sentido original de la palabra— no sea el encuentro de dos personas, su atracción mutua y los trabajos y penalidades que deben afrontar para unirse. La idea del encuentro exige, a su vez, dos condiciones contradictorias: la atracción que experimentan los amantes es involuntaria, nace de un magnetismo secreto y todopoderoso; al mismo tiempo, es una elección. Predestinación y elección, los poderes objetivos y los subjetivos, el destino y la libertad, se cruzan en el amor. El territorio del amor es un espacio imantado por el encuentro de dos personas.

Durante mucho tiempo creí, siguiendo a Denis de Rougemont y a su célebre libro *L'Amour et l'Occident*, que este sentimiento era exclusivo de nuestra civilización y que había nacido en un lugar y en un período determinados: Provenza, entre los siglos XI y XII. Hoy me parece insostenible esta opinión. Ante todo, debe distinguirse entre el sentimiento amoroso y la idea del amor adoptada por una sociedad y una época. El primero pertenece a

1. Traducción de José Salas Subirat.

todos los tiempos y lugares; en su forma más simple e inmediata no es sino la atracción pasional que sentimos hacia una persona entre muchas. La existencia de una inmensa literatura cuyo tema central es el amor es una prueba concluyente de la universalidad del sentimiento amoroso. Subrayo: el sentimiento, no la idea. Amor en la forma sumaria en que lo he definido más arriba: misteriosa inclinación pasional hacia una sola persona, es decir, transformación del «objeto erótico» en un sujeto libre y único. Los poemas de Safo no son una filosofía del amor: son un testimonio, la forma en que ha cristalizado este extraño magnetismo. Lo mismo puede decirse de las canciones recogidas en el *Shih Ching (Libro de los cantos)*, de muchos romances españoles o de cualquier otra colección poética de ese género. Pero a veces la reflexión sobre el amor se convierte en la ideología de una sociedad; entonces estamos frente a un modo de vida, un arte de vivir y morir. Ante una ética, una estética y una etiqueta: una *cortesía*, para emplear el término medieval.

La *cortesía* no está al alcance de todos: es un saber y una práctica. Es el privilegio de lo que podría llamarse una aristocracia del corazón. No una aristocracia fundada en la sangre y los privilegios de la herencia sino en ciertas cualidades del espíritu. Aunque estas cualidades son innatas, para manifestarse y convertirse en una segunda naturaleza el adepto debe cultivar su mente y sus sentidos, aprender a sentir, hablar y, en ciertos momentos, a callar. La cortesía es una escuela de sensibilidad y desinterés. *Razón de amor*, nuestro hermoso poema de amor, el primero en nuestra lengua (siglo XIII), comienza así:

> *Quien triste tiene su corazón*
> *venga oír esta razón.*

Oirá razón acabada,
hecha de amor e bien rimada.
Un escolar la rimó
que siempre dueñas amó;
mas siempre hubo crianza
en Alemania y Francia;
moró mucho en Lombardía
para aprender cortesía...

El «amor cortés» se aprende: es un saber de los sentidos iluminados por la luz del alma, una atracción sensual refinada por la cortesía. Formas análogas a las de Occidente florecieron en el mundo islámico, en la India y en el Extremo Oriente. Allá también hubo una cultura del amor, privilegio de un grupo reducido de hombres y mujeres. Las literaturas árabe y persa, ambas estrechamente asociadas a la vida de la corte, son muy ricas en poemas, historias y tratados sobre el amor. En fin, dos grandes novelas, una china y otra japonesa, son esencialmente historias de amor y ambas suceden en un ambiente cerrado y aristocrático.

En la novela de Cao Xuequin, *El sueño del aposento rojo (Hung lou meng)*, la historia sucede en una mansión palaciega y el héroe y las dos heroínas pertenecen a la aristocracia.[2] El libro está esmaltado de poemas y de reflexiones sobre el amor. Estas últimas son una mezcla de la metafísica del budismo y la del taoísmo, todo teñido de creencias y supersticiones populares como en la *Tragico-*

---

2.   Aunque el título de la novela, *El sueño del aposento rojo*, es hermoso y ha sido consagrado por la autoridad de los años, es inexacto. En realidad *Hung lou meng* quiere decir: «Sueño de mansiones rojas.» Se llamaba así a las casas de los ricos por el color rojizo de sus muros; las casas del común de la gente eran grises.

media de Calixto y Melibea, nuestro gran y terrible libro de amor. La severa filosofía de Confucio apenas si aparece en *El sueño del aposento rojo,* salvo como una fastidiosa red de prohibiciones y preceptos que los adultos oponen a la pasión juvenil. Reglas hipócritas que encubren la desenfrenada codicia y lujuria de esos mismos adultos. Oposición entre el mundo profano y el sagrado: la moral de los mayores es mundana mientras que el amor entre Bao-yu y Dai-yu es el cumplimiento de un destino decretado hace miles y miles de años. Algo semejante debe decirse de *Genji Monogatari (Historia del Genji),* la novela de Murasaki Shikibu, dama de la corte japonesa: los personajes son miembros de la más alta nobleza y sus amores están vistos a través de una melancólica filosofía impregnada de budismo y del sentimiento de transitoriedad de las cosas en este mundo. Es extraño que Denis de Rougemont haya sido insensible a todos estos testimonios: ahí donde florece una alta cultura cortesana brota una filosofía del amor. La relación de esa filosofía con el sentimiento general reproduce la de este último con el erotismo y la de ambos con la sexualidad. La imagen de los círculos concéntricos, evocada al comenzar estas páginas, regresa: el sexo es la raíz, el erotismo es el tallo y el amor la flor. ¿Y el fruto? Los frutos del amor son intangibles. Éste es uno de sus enigmas.

Aceptada la existencia en otras civilizaciones de varias ideologías del amor, agrego que hay diferencias fundamentales entre ellas y la de Occidente. La central me parece la siguiente: en Oriente el amor fue pensado dentro de una tradición religiosa; no fue un pensamiento autónomo sino una derivación de esta o aquella doctrina. En cambio, en Occidente, desde el principio, la filosofía del amor fue concebida y pensada fuera de la religión oficial y, a veces, frente a ella. En Platón el pensamiento sobre el amor es inseparable de su filosofía; y en esta última abundan las críticas a los mitos y a las prácticas religiosas (por ejemplo, a la plegaria y al sacrificio como medios para obtener favores de los dioses). El caso más elocuente es el del «amor cortés», que fue visto por la Iglesia no sólo con inquietud sino con reprobación. Nada de esto se encuentra en la tradición oriental. La novela de Cao Xuequin está compuesta como un contrapunto entre dos mundos que, aunque separados, viven en comunicación: el más allá del budismo y el taoísmo, poblado por monjes, ascetas y divinidades, frente a las pasiones, encuentros y separaciones de una familia aristocrática y polígama en la China del siglo XVIII. Metafísica religiosa y realismo psicológico. La misma dualidad rige a la novela de Murasaki. Ninguna de estas obras ni las otras novelas, piezas del teatro y poesías de tema amoroso fueron acusadas de heterodoxia. Algunas entre ellas fueron criticadas e incluso, a veces, prohibidas por sus atrevimientos y obscenidades, no por sus ideas.

La concepción occidental de destino y su reverso y complemento: la libertad, es substancialmente diferente de la concepción oriental. Esta diferencia incluye otras dos, íntimamente asociadas: la responsabilidad de cada uno por nuestros actos y la existencia del alma. El budismo, el taoísmo y el hinduismo comparten la creencia en la metapsicosis y de ahí que la noción de un alma individual no sea muy neta en esas creencias. Para hindúes y taoístas lo que llamamos alma no es sino un momento de una realidad sin cesar cambiante desde el pasado y que, fatalmente, seguirá transformándose en vidas venideras hasta alcanzar la liberación final. En cuanto al budismo: niega resueltamente la existencia de un alma individual. En las dos novelas —para volver a las obras de Cao Xuequin y de Murasaki— el amor es un destino impuesto desde el pasado. Más exactamente: es el *karma* de cada personaje. El *karma*, como es sabido, no es sino el resultado de nuestras vidas anteriores. Así, el amor súbito de Yugao hacia el Genji y los celos que despierta en la «dama de Rokujo» son el fruto no sólo de su presente sino, sobre todo, de sus vidas pasadas. Shuichi Kato observa la frecuencia con que Murasaki usa la palabra *sukuse (karma)* para explicar la conducta y el destino de sus personajes. En cambio, en Occidente el amor es un destino libremente escogido; quiero decir, por más poderosa que sea la influencia de la predestinación —el ejemplo más conocido es el brebaje mágico que beben Tristán e Isolda— para que el destino se cumpla es necesaria la complicidad de los amantes. El amor es un nudo en el que se atan, indisolublemente, destino y libertad.

Debo señalar ahora un parecido que, al final, se convierte en una nueva oposición. En *El sueño del aposento rojo* y en la *Historia del Genji* el amor es una escuela de desengaños, un camino en el que paulatinamente la realidad de la pasión se revela como una quimera. La muerte tiene, como en la tradición occidental, una función capital: despierta al amante extraviado en sus sueños. En las dos obras el análisis de la pasión amorosa y de su carácter simultáneamente real e irreal es penetrante y finísimo; de ahí que se les haya comparado con varias novelas europeas y muy especialmente con la de Proust. También *À la recherche du temps perdu* es el relato de una sinuosa peregrinación que conduce al Narrador, de desengaño en desengaño y guiado por ese Virgilio que es la memoria involuntaria, a la contemplación de la realidad de realidades: el tiempo mismo. En las dos novelas orientales el camino del desengaño no lleva a la salvación del yo sino a la revelación de una vacuidad inefable e indecible; no vemos una aparición sino una desaparición: la de nosotros mismos en un vacío radiante. Al final de la obra de Proust el Narrador contempla la cristalización del tiempo vivido, un tiempo suyo e intransferible pero que ya no es suyo: es la realidad tal cual, apenas una vibración, nuestra porción de inmortalidad. La peregrinación de Proust es una búsqueda personal, inspirada por una filosofía independiente de la religión oficial; las de los héroes de Cao Xuequin y Murasaki son una confirmación de las verdades y enseñanzas del budismo y del taoísmo. Por más violentas que hayan sido sus transgresiones, en Oriente el amor fue vivido y pensado dentro de la religión; pudo ser un pecado, no una herejía. En Occidente el amor se desplegó frente a la religión, fuera de ella y aun en contra. El amor occidental es el hijo de la filosofía y del sentimiento poético que transfigura en imagen todo lo que toca. Por esto, para nosotros, el amor ha sido un *culto*.

No es extraño que la filosofía del amor haya aparecido primero en Grecia. Allá la filosofía se desprendió muy pronto de la religión: el pensamiento griego comenzó con la crítica de los filósofos presocráticos a los mitos. Los profetas hebreos hicieron la crítica de la sociedad desde la religión; los pensadores griegos hicieron la crítica de los dioses desde la razón. Tampoco es extraño que el primer filósofo del amor, Platón, haya sido también un poeta: la historia de la poesía es inseparable de la del amor. Por todo esto, Platón es el fundador de nuestra filosofía del amor. Su influencia dura todavía, sobre todo por su idea del alma; sin ella no existiría nuestra filosofía del amor o habría tenido una formulación muy distinta y difícil de imaginar. La idea del alma, según los entendidos, no es griega; en Homero las almas de los muertos no son realmente almas, entidades incorpóreas: son sombras. Para un griego antiguo no era clara la distinción entre el cuerpo y el alma. La idea de un alma diferente del cuerpo aparece por primera vez en algunos presocráticos, como Pitágoras y Empédocles; Platón la recoge, la sistematiza, la convierte en uno de los ejes de su pensamiento y la lega a sus sucesores. Sin embargo, aunque la concepción del alma es central en la filosofía del amor platónico, no lo es en el sentido en que lo fue después en Provenza, en Dante y en Petrarca. El amor de Platón no es el nuestro. Incluso puede decirse que la suya no es realmente una filosofía del amor sino una forma sublimada (y sublime) del erotismo. Esta afirmación puede parecer temeraria. No lo es; para convencerse basta con leer los dos diálogos dedicados al amor, *Fedro* y *El Banquete*, especialmente el último, y compararlos con los otros grandes textos sobre el mismo tema que nos han dejado la filosofía y la poesía.

El Banquete está compuesto por varios discursos o elogios del amor pronunciados por siete comensales. Muy probablemente representan las opiniones y puntos de vista corrientes en aquella época sobre el tema, salvo el de Sócrates, que expresa las ideas de Platón. Destaca el bello discurso de Aristófanes. Para explicar el misterio de la atracción universal que unos sienten hacia otros, acude al mito del andrógino original. Antes había tres sexos: el masculino, el femenino y el andrógino, compuesto por seres dobles. Estos últimos eran fuertes, inteligentes y amenazaban a los dioses. Para someterlos, Zeus decidió dividirlos. Desde entonces, las mitades separadas andan en busca de su mitad complementaria. El mito del andrógino no sólo es profundo sino que despierta en nosotros resonancias también profundas: somos seres incompletos y el deseo amoroso es perpetua sed de «completud». Sin el otro o la otra no seré yo mismo. Este mito y el de Eva que nace de la costilla de Adán son metáforas poéticas que, sin explicar realmente nada, dicen todo lo que hay que decir sobre el amor. Pero no son una filosofía y responden al misterio del amor con otro misterio. Además, el mito del andrógino no toca ciertos aspectos de la relación amorosa que para mí son esenciales, como el del nudo entre libertad y predestinación o entre vida mortal e inmortalidad.

El centro de *El Banquete* es el discurso de Sócrates. El filósofo relata a sus oyentes una conversación que tuvo con una sabia sacerdotisa extranjera, Diotima de Mantinea. Platón se sirve con frecuencia de mitos antiguos (o inventados) expuestos por algún visitante ilustre. Parece extraño que, en una sociedad predominantemente homosexual como era el círculo platónico, Sócrates ponga en labios de una mujer una doctrina sobre el amor. Pienso que se trata de una *reminiscencia*, precisamente en el sentido que da Platón a esta palabra: un descenso a los orígenes, al reino de las madres, lugar de las verdades primordiales. Nada más natural que una anciana profetisa sea la encargada de revelar los misterios del amor. Diotima comienza diciendo que Eros no es ni un dios ni un hombre: es un demonio, un espíritu que vive entre los dioses y los mortales. Lo define la preposición *entre*: en medio de esta y la otra cosa. Su misión es comunicar y unir a los seres vivos. Tal vez por esto lo confundimos con el viento y lo representamos con alas. Es hijo de Pobreza y de Abundancia y esto explica su naturaleza de intermediario: comunica a la luz con la sombra, al mundo sensible con las ideas. Como hijo de Pobreza, busca la riqueza; como hijo de Abundancia, reparte bienes. Es el deseante que pide, el deseado que da.

Amor no es hermoso: desea la hermosura. Todos los hombres desean. Ese deseo es búsqueda de posesión de lo mejor: el estratega desea alcanzar la victoria, el poeta componer un himno de insuperable belleza, el ceramista fabricar ánforas perfectas, el comerciante acumular bienes y dinero. ¿Y qué desea el amante? Busca la belleza, la hermosura humana. El amor nace a la vista de la persona hermosa. Así pues, aunque el deseo es universal y aguijonea a todos, cada uno desea algo distinto: unos desean esto y otros aquello. El amor es una de las formas en que se manifiesta el deseo universal y consiste en la atracción por la belleza humana. Al llegar a este punto, Diotima previene a Sócrates: el amor no es simple. Es un mixto compuesto por varios elementos, unidos y animados por el deseo. Su objeto tampoco es simple y cambia sin cesar. El amor es algo más que atracción por la belleza humana, sujeta al tiempo, la muerte y la corrupción. Diotima prosigue: todos los hombres desean lo mejor, comenzando por lo que no tienen. Estamos contentos con nuestro cuerpo si sus miembros son sanos y ágiles; si nuestras piernas fuesen deformes y se negasen a sostenernos, no vacilaríamos en desecharlas para tener en su lugar las del atleta campeón en la carrera. Y así con todo lo que deseamos. ¿Y qué provecho obtenemos cuando alcanzamos aquello que deseamos? La índole del provecho varía en cada caso pero el resultado es el mismo: nos sentimos felices. Los hombres aspiran a la felicidad y la quieren para siempre. El deseo de belleza, propio del amor, es también deseo de felicidad; y no de felicidad instantánea y perecedera sino perenne. Todos los hombres padecen una carencia: sus días están contados, son mortales. La aspiración a la inmortalidad es un rasgo que une y define a todos los hombres.

El deseo de lo mejor se alía al deseo de tenerlo para siempre y de gozarlo siempre, todos los seres vivos y no sólo los humanos participan de este deseo: todos quieren perpetuarse. El deseo de reproducción es otro de los elementos o componentes del amor. Hay dos maneras de generación: la corporal y la del alma. Los hombres y las mujeres, enamorados de su belleza, unen sus cuerpos para reproducirse. La generación, dice Platón, es cosa divina lo mismo entre los animales que en los humanos. En cuanto al otro modo de generación: es el más alto pues el alma engendra en otra alma ideas y sentimientos imperecederos. Aquellos que «son fecundos por el alma» conciben con el pensamiento: los poetas, los artistas, los sabios y, en fin, los creadores de leyes y los que enseñan a sus conciudadanos la templanza y la justicia. Un amante así puede engendrar en el alma del amado el saber, la virtud y la veneración por lo bello, lo justo y lo bueno. El discurso de Diotima y los comentarios de Sócrates son una suerte de peregrinación. A medida que avanzamos, descubrimos nuevos aspectos del amor, como aquel que, al ascender por una colina, contempla a cada paso los cambios del panorama. Pero hay una parte escondida que no podemos ver con los ojos sino con el entendimiento. «Todo esto que te he revelado», dice Diotima a Sócrates, «son los misterios menores del amor». En seguida lo instruye en los más altos y escondidos.

En la juventud nos atrae la belleza corporal y se ama sólo a un cuerpo, a una forma hermosa. Pero si lo que amamos es la hermosura, ¿por qué amarla nada más en un cuerpo y no en muchos? Y Diotima vuelve a preguntar: si la hermosura está en muchas formas y personas, ¿por qué no amarla en ella misma? ¿Y por qué no ir más allá de las formas y amar aquello que las hace hermosas: la idea? Diotima ve al amor como una escala: abajo, el amor a un cuerpo hermoso; en seguida, a la hermosura de muchos cuerpos; después a la hermosura misma; más tarde, al alma virtuosa; al fin, a la belleza incorpórea. Si el amor a la belleza es inseparable del deseo de inmortalidad, ¿cómo no participar en ella por la contemplación de las formas eternas? La belleza, la verdad y el bien son tres y son uno; son caras o aspectos de la misma realidad, la única realidad realmente real. Diotima concluye: «aquel que ha seguido el camino de la iniciación amorosa en el orden correcto, al llegar al fin percibirá súbitamente una hermosura maravillosa, causa final de todos nuestros esfuerzos... Una hermosura eterna, no engendrada, incorruptible y que no crece ni decrece». Una belleza entera, una, idéntica a sí misma, que no está hecha de partes como el cuerpo ni de razonamientos como el discurso. El amor es el camino, el ascenso, hacia esa hermosura: va del amor a un cuerpo solo al de dos o más; después, al de todas las formas hermosas y de ellas a las acciones virtuosas; de las acciones a las ideas y de las ideas a la absoluta hermosura. La vida del amante de esta clase de hermosura es la más alta que puede vivirse pues en ella «los ojos del entendimiento comulgan con la hermosura y el hombre procrea no imágenes ni simulacros de belleza sino realidades hermosas». Y éste es el camino de la inmortalidad.

El discurso de Diotima es sublime. Sócrates fue también sublime pues fue digno de ese discurso en su vida y, sobre todo, en su muerte. Comentar ese discurso es como interrumpir la silenciosa contemplación del sabio con las habladurías y las disputas de aquí abajo. Pero ese mismo amor a la verdad —aunque en mi caso sea pequeño y nada sublime— me obliga a preguntarme: ¿Diotima habló realmente del amor? Ella y Sócrates hablaron de Eros, ese demonio o espíritu en el que encarna un impulso que no es ni puramente animal ni espiritual. Eros puede extraviarnos, hacernos caer en el pantano de la concupiscencia y en el pozo del libertino; también puede elevarnos y llevarnos a la contemplación más alta. Esto es lo que he llamado *erotismo* a lo largo de estas reflexiones y lo que he tratado de distinguir del amor propiamente dicho. Repito: hablo del amor tal como lo conocemos desde Provenza. Este amor, aunque existía en forma difusa como sentimiento, no fue conocido por la Grecia antigua ni como idea ni como mito. La atracción erótica hacia una persona única es universal y aparece en todas las sociedades; la idea o filosofía del amor es histórica y brota sólo allí donde concurren ciertas circunstancias sociales, intelectuales y morales. Platón sin duda se habría escandalizado ante lo que nosotros llamamos amor. Algunas de sus manifestaciones le habrían repugnado, como la idealización del adulterio, el suicidio y la muerte; otras le habrían asombrado, como el culto a la mujer. Y los amores sublimes, como el de Dante por Beatriz o el de Petrarca por Laura, le habrían parecido enfermedades del alma.

También *El Banquete* contiene ideas y expresiones que nos escandalizarían si no fuese porque lo leemos con cierta distancia histórica. Por ejemplo, cuando Diotima describe las escalas del amor dice que se comienza por amar sólo a un cuerpo hermoso pero que sería absurdo no reconocer que otros cuerpos son igualmente hermosos; en consecuencia, sería igualmente absurdo no amarlos a todos. Es claro que Diotima está hablando de algo muy distinto a lo que llamamos amor. Para nosotros la fidelidad es una de las condiciones de la relación amorosa. Diotima no sólo parece ignorarlo sino que ni siquiera se le ocurre pensar en los sentimientos de aquel o aquella que amamos: los ve como simples escalones en el ascenso hacia la contemplación. En realidad, para Platón el amor no es propiamente una *relación*: es una aventura solitaria. Al leer ciertas frases de *El Banquete* es imposible no pensar, a pesar de la sublimidad de los conceptos, en un Don Juan filosófico. La diferencia es que la carrera del Burlador es hacia abajo y termina en el infierno mientras que la del amante platónico culmina en la contemplación de la idea. Don Juan es subversivo y, más que el amor a las mujeres, lo inspira el orgullo, la tentación de desafiar a Dios. Es la imagen invertida del eros platónico.

La severa condenación del placer físico y la prédica de la castidad como camino hacia la virtud y la beatitud son la consecuencia natural de la separación platónica entre el cuerpo y el alma. Para nosotros esa separación es demasiado tajante. Éste es uno de los rasgos que definen a la época moderna: las fronteras entre el alma y el cuerpo se han atenuado. Muchos de nuestros contemporáneos no creen ya en el alma, una noción apenas usada por la psicología y la biología modernas; al mismo tiempo, lo que llamamos *cuerpo* es hoy algo mucho más complejo de lo que era para Platón y su tiempo. Nuestro cuerpo posee muchos atributos que antes eran del alma. El castigo del libertino, como he tratado de mostrar más arriba, consiste en que el cuerpo de su víctima, «el objeto erótico», es también una conciencia; por la conciencia el objeto se transforma en sujeto. Lo mismo puede decirse de la concepción platónica. Para Platón los objetos eróticos —sean el cuerpo o el alma del efebo— nunca son sujetos: tienen un cuerpo y no sienten, tienen un alma y se callan. Son realmente *objetos* y su función es la de ser escalas en el ascenso del filósofo hacia la contemplación de las esencias. Aunque en el curso de esa ascensión el amante —mejor dicho: el maestro— sostiene relaciones con otros hombres, su camino es esencialmente solitario. En esa relación con los otros puede haber dialéctica, es decir, división del discurso en partes, pero no hay diálogo ni conversación. El texto mismo de *El Banquete*, aunque adopta la forma del diálogo, está compuesto por siete discursos separados. En *El Banquete*, erotismo en su más pura y alta expresión, no aparece la condición necesaria del amor: el otro o la otra, que acepta o rechaza, dice Sí o No y cuyo mismo silencio es una respuesta. El otro, la otra y su complemento, aquello que convierte al deseo en acuerdo: el albedrío, la libertad.

PREHISTORIA DEL AMOR

Al comenzar estas reflexiones señalé las afinidades entre erotismo y poesía: el primero es una metáfora de la sexualidad, la segunda una erotización del lenguaje. La relación entre amor y poesía no es menos sino más íntima. Primero la poesía lírica y después la novela —que es poesía a su manera— han sido constantes vehículos del sentimiento amoroso. Lo que nos han dicho los poetas, los dramaturgos y los novelistas sobre el amor no es menos precioso y profundo que las meditaciones de los filósofos. Y con frecuencia es más cierto, más conforme a la realidad humana y psicológica. Los amantes platónicos, tal como los describe *El Banquete*, son escasos; no lo son las emociones que, en unas cuantas líneas, traza Safo al contemplar una persona amada:

> *Igual parece a los eternos dioses*
> *Quien logra verse frente a ti sentado:*
> *¡Feliz si goza tu palabra suave,*
> *Suave tu risa!*

A mí en el pecho el corazón se oprime
Sólo en mirarte: ni la voz acierta
De mi garganta a prorrumpir; y rota
    Calla la lengua.

Fuego sutil dentro mi cuerpo todo
Presto discurre: los inciertos ojos
Vagan sin rumbo, los oídos hacen
    Ronco zumbido.

Cúbrome toda de sudor helado:
Pálida quedo cual marchita hierba
Y ya sin fuerzas, sin aliento, inerte
    Parezco muerta.[1]

No es fácil encontrar en la poesía griega poemas que posean esta concentrada intensidad, pero abundan composiciones con asuntos semejantes, salvo que no son lésbicos. (En esto Safo también fue excepcional: el homosexualismo femenino, al contrario del masculino, apenas si aparece en la literatura griega.) Las fronteras entre erotismo y amor son movedizas; sin embargo, no me parece arriesgado afirmar que la gran mayoría de los poemas griegos son más eróticos que amorosos. Esto también es aplicable a la *Antología Palatina*. Algunos de esos

---

1. Cito la admirable traducción de Marcelino Menéndez Pelayo, hecha en la misma estrofa de Esteban Manuel de Villegas: cuatro versos blancos, los tres primeros sáficos y el final adónico. Pablo Neruda empleó la misma forma en *Ángela Adónica*, uno de los mejores poemas de *Residencia en la tierra*. Aunque menos perfecto en la versificación, el poema de Neruda merece ser comparado con la traducción de Menéndez Pelayo. Los dos poemas expresan dos momentos opuestos del erotismo: el de Safo, la concentrada ansiedad del deseo; el de Neruda, el reposo después del abrazo. El fuego y el agua.

breves poemas son inolvidables: los de Meleagro, varios atribuidos a Platón, algunos de Filodemo y, ya en el período bizantino, los de Paulo el Silenciario. En todos ellos vemos —y sobre todo oímos— al amante en sus diversos estados de ánimo —el deseo, el goce, la decepción, los celos, la dicha efímera— pero nunca al otro o a la otra ni a sus sentimientos y emociones. Tampoco hay diálogos de amor —en el sentido de Shakespeare y de Lope de Vega— en el teatro griego. Egisto y Clitemnestra están unidos por el crimen, no por el amor: son cómplices, no amantes; la pasión solitaria devora a Fedra y los celos a Medea. Para encontrar prefiguraciones y premoniciones de lo que sería el amor entre nosotros hay que ir a Alejandría y a Roma. El amor nace en la gran ciudad.

El primer gran poema de amor es obra de Teócrito: *La hechicera.*[2] Fue escrito en el primer cuarto del siglo III a.C. y hoy, más de dos mil años después, leído en traducciones que por buenas que sean no dejan de ser traducciones, conserva intacta su carga pasional. El poema es un largo monólogo de Simetha, amante abandonada de Delfis. Comienza con una invocación a la luna en sus tres manifestaciones: Artemisa, Selene y Hécate, la Terrible. Sigue la entrecortada relación de Simetha, que da órdenes a su sirvienta para que ejecute esta o aquella parte del rito negro a que ambas se entregan. Cada uno de esos sortilegios está marcado por un punzante estribillo: *pájaro mágico, devuélveme a mi amante,*

---

2. O *Las hechiceras.* Según Marguerite Yourcenar la traducción literal es *Los filtros mágicos (Pharmaceutria).* Con buen sentido, otro traductor, Jack Lindsay, prefiere usar como título el nombre de la heroína, Simetha.

tráelo a mi casa.[3] Mientras la criada esparce en el suelo un poco de harina quemada, Simetha dice: «son los huesos de Delfis». Al quemar una rama de laurel, que chisporrotea y se disipa sin dejar apenas ceniza, condena al infiel: «que así se incendie su carne...». Después de ofrecer tres libaciones a Hécate, arroja al fuego una franja del manto que ha olvidado Delfis en su casa y prorrumpe: «¿por qué, Eros cruel, te has pegado a mi carne como una sanguijuela?, ¿por qué chupas mi sangre negra?». Al terminar su conjuro, Simetha le pide a su acólita que esparza unas yerbas en el umbral de Delfis y escupa sobre ellas diciendo: «machaco sus huesos». Mientras Simetha recita sus sortilegios, se le escapan confesiones y quejas: está poseída por el deseo y el fuego que enciende para quemar a su amante es el fuego en que ella misma se quema. Rencor y amor, todo junto: Delfis la desfloró y la abandonó pero ella no puede vivir sin ese hombre deseado y aborrecido. Es la primera vez que en la literatura aparece —y descrito con tal violencia y energía— uno de los grandes misterios humanos: la mezcla inextricable de odio y amor, despecho y deseo.

El furor amoroso de Simetha parece inspirado por Pan, el dios sexual de pezuñas de macho cabrío, cuya carrera hace temblar al bosque y cuyo hálito sacude los follajes y provoca el delirio de las hembras. Sexualidad pura. Pero una vez cumplido el rito, Simetha se calma como, bajo la influencia de la luna, se calma el oleaje y

---

3. *Pájaro mágico*: un instrumento de hechicería compuesto por un disco de metal con dos perforaciones y que se hacía girar con una cuerda. Representaba al torcecuello, el pájaro en que fue transformada por Hera una ninfa, celestina de los amores adúlteros de Zeus con Ío.

se aquieta el viento en la arboleda. Entonces se confía a Selene como a una madre. Su historia es simple. Por su relato adivinamos que es una muchacha libre y de condición modesta (aunque no tanto: tiene una sirvienta); vive sola (habla de sus amigas y vecinas, no de su familia); tal vez, para mantenerse, desempeña algún oficio. Es una persona del común, una mujer joven como hay miles y miles en todas las ciudades del mundo, desde que en el mundo hay ciudades: Simetha hoy podría vivir en Nueva York, Buenos Aires o Praga. Un día unas vecinas la invitan a la procesión de Artemisa. Coqueta, se viste con su traje mejor y cubre sus espaldas con un chal de lino que le presta una amiga. Encuentra entre la multitud a dos jóvenes que vienen de la palestra, barbirrubios y de torsos soleados y relucientes. *Coup de foudre*: «yo vi ...», dice Simetha, pero no dice a quién. ¿Para qué? Vio a la realidad misma en un cuerpo y un nombre: Delfis. Turbada, regresa a su casa presa de una idea fija. Pasan días y días de fiebre e insomnio. Simetha consulta con magos y brujas, como ahora consultamos a los psiquiatras y, como nosotros, sin resultado alguno. Sufre

> *... la dolencia*
> *de amor, que no se cura*
> *sino con la presencia y la figura.*

No sin dudas —es púdica y orgullosa— le envía a Delfis un mensaje. El joven atleta se presenta al punto en su casa y Simetha, al verlo, describe su emoción casi con las mismas expresiones de Safo: «me cubrió toda un sudor de hielo... no podía decir una palabra, ni siquiera esos balbuceos con que los niños llaman a su madre en el sueño; y mi cuerpo, inerte, era el de una muñeca de cera».[4] Delfis se deshace en promesas y ese mismo día duerme en la cama de ella. A este encuentro se suceden otros y otros. De pronto, una ausencia de dos semanas y el inevitable chisme de una amiga: Delfis se ha enamorado de otra persona aunque, dice la indiscreta, no sé si es de un muchacho o de una muchacha. Simetha termina con un voto y una amenaza: ama a Delfis y lo buscará pero, si él la rechaza, tiene unos venenos que le darán la muerte. Y se despide de Selene (y de nosotros): «Adiós, diosa serena: yo soportaré como hasta ahora mi desdicha; adiós, diosa de rostro resplandeciente, adiós, estrellas que acompañan tu carro en su pausada carrera a través de la noche en calma.» El amor de Simetha está hecho de deseo obstinado, desesperación, cólera, desamparo. Estamos muy lejos de Platón. Entre lo que deseamos y lo que estimamos hay una hendedura: amamos aquello que no estimamos y deseamos estar para siempre con una persona que nos hace infelices. En el amor aparece el mal: es una seducción malsana que nos atrae y nos vence. Pero ¿quién se atreve a condenar a Simetha?

El poema de Teócrito no habría podido escribirse en la Atenas de Platón. No sólo por la misoginia ateniense sino por la situación de la mujer en la Grecia clásica. En la época alejandrina, que tiene más de un parecido con la nuestra, ocurre una revolución invisible: las mujeres, encerradas en el gineceo, salen al aire libre y aparecen en la superficie de la sociedad. Algunas fueron notables, no en

---

4. Catulo también imitó, casi textualmente, el pasaje de Safo. Un ejemplo más de cómo la poesía más propia y personal está hecha de imitación y de invención.

la literatura y las artes, sino en la política, como Olimpia, la madre de Alejandro y Arsinoe, la mujer de Ptolomeo Filadelfo. El cambio no se limitó a la aristocracia sino que se extendió a esa inmensa y bulliciosa población de comerciantes, artesanos, pequeños propietarios, empleados menores y toda esa gente que, en las grandes ciudades, ha vivido y vive aún del cuento. Aparte de su valor poético, el poema de Teócrito arroja indirectamente cierta luz sobre la sociedad helenística. En cierto modo es un poema de costumbres; es significativo que nos muestre no la vida de los príncipes y los potentados sino la de la clase media de la ciudad, con sus pequeñas y grandes pasiones, sus apuros, su sentido común y su locura. Por este poema y por otros suyos, así como por los «mimos» de Herondas, podemos hacernos una idea de la condición femenina y de la relativa libertad de movimientos de las mujeres.

Convertir a una mujer joven y pobre como Simetha en el centro de un poema pasional que alternativamente nos conmueve, nos enternece y nos hace sonreír, fue una inmensa novedad literaria e histórica. Lo primero pertenece a Teócrito y a su genio; lo segundo, a la sociedad en que vivió. La novedad histórica del poema fue el resultado de un cambio social que, a su vez, era una consecuencia de la gran creación del período helenístico: la transformación de la ciudad antigua. La *polis*, encerrada en sí misma y celosa de su autonomía, se abrió al exterior. Las grandes ciudades se convirtieron en verdaderas cosmópolis por el intercambio de personas, ideas, costumbres y creencias. Entre los poetas del período helenístico que figuran en la *Antología Palatina*, varios eran extranjeros, como el sirio Meleagro. Esta gran creación civilizadora fue realizada en medio de las guerras y de las monarquías despóticas que caracterizan a esa época. Y el mayor logro fue, sin duda, la aparición en las nuevas ciudades de un tipo de mujer más libre. El «objeto erótico» comenzó a transformarse en sujeto. La prehistoria del amor en Occidente está, como ya dije, en dos grandes ciudades: Alejandría y Roma.

Las mujeres —más exactamente: las patricias— ocupan un lugar destacado en la historia de Roma, lo mismo bajo la República que durante el Imperio. Madres, esposas, hermanas, hijas, amantes: no hay un episodio de la historia romana en que no participe alguna mujer al lado del orador, el guerrero, el político o el emperador. Unas fueron heroicas, otras virtuosas y otras infames. En los años finales de la República aparece otra categoría social: la cortesana. No tardó en convertirse en uno de los ejes de la vida mundana y en el objeto de la crónica escandalosa. Unas y otras, las patricias y las cortesanas, son mujeres libres en los diversos sentidos de la palabra: por su nacimiento, por sus medios y por sus costumbres. Libres, sobre todo, porque en una medida desconocida hasta entonces tienen albedrío para aceptar o rechazar a sus amantes. Son dueñas de su cuerpo y de su alma. Las heroínas de los poemas eróticos y amorosos provienen de las dos clases. A su vez, como en Alejandría, los poetas jóvenes forman grupos que conquistan la notoriedad tanto por sus obras como por sus opiniones, sus costumbres y sus amores. Catulo fue uno de ellos. Sus querellas literarias y sus sátiras no fueron menos sonadas que sus poemas de amor. Murió joven y sus mejores poemas son la confesión de su amor por Lesbia, nombre poético que ocultaba a una patricia célebre por su hermosura, su posición y su vida disoluta (Clodia). Una historia de amor alternativamente feliz y desdichada, ingenua y cínica. La unión de los opuestos —el deseo y el despecho, la sensualidad y el odio, el paraíso entrevisto y el infierno vivido— se resuelve en breves poemas de concentrada intensidad. Los modelos de Catulo fueron los poetas alejandrinos, sobre todo Calímaco —famoso en la Antigüedad pero del que no sobreviven sino fragmentos— y Safo. La poesía de Catulo tiene un lugar único en la historia del amor por la concisa y punzante economía con que expresa lo más complejo: la presencia simultánea en la misma conciencia del odio y el amor, el deseo y el desprecio. Nuestros sentidos no pueden vivir sin aquello que nuestra razón y nuestra moral reprueban.

El conflicto de Catulo es semejante al de Simetha, aunque con variantes decisivas. La primera es el sexo: en los poemas de Catulo habla un hombre. Diferencia significativa: el hombre, no la mujer, es quien está en situación de dependencia. La segunda: el héroe no es una ficción y habla en nombre propio. Con esto no quiero decir que los poemas de Catulo sean simples confesiones o confidencias; en ellos, como en todas las obras poéticas, hay un elemento ficticio. El poeta que habla es y no es Catulo: es una *persona*, una máscara que deja ver el rostro real y que, al mismo tiempo, lo oculta. Sus penas son reales y también son figuras del lenguaje. Son imágenes, representaciones. El poeta convierte a su amor en una suerte de novela en verso, aunque no por esto menos vivido y sufrido. Otra diferencia: ella y él, sobre todo ella, pertenecen a las clases superiores. Como son dos seres libres y en cierto modo asociales —ella por su posición, él por ser poeta— se atreven a romper con las convenciones y reglas que los atan. Su amor es un ejercicio de libertad, una transgresión y un desafío a la sociedad. Éste es un rasgo que figurará más y más en los anales de la pasión amorosa, de Tristán e Isolda a las novelas de nuestros días. Por último, Catulo es un poeta y su reino es el de la imaginación. A la inversa de Simetha, más simple y rústica, no busca vengarse con filtros y venenos; su venganza asume una forma imaginaria: sus poemas.

En Catulo aparecen tres elementos del amor moderno: la elección, la libertad de los amantes; el desafío, el amor es una transgresión; finalmente, los celos. Catulo expresa en breves poemas, lúcidos y dolorosos, el poder de una pasión que se filtra poco a poco en la conciencia hasta paralizar nuestra voluntad. Fue el primero que advirtió la naturaleza imaginaria de los celos y su poderosa realidad psicológica. Es imposible confundir estos celos con el sentimiento de la honra mancillada. En Otelo se mezclan los celos auténticos —ama a Desdémona— con la cólera del hombre ofendido. Pero es el amor, en la forma pervertida de los celos, la pasión que lo mueve: *And I will kill thee, / And love you after*. En cambio, los personajes de los dramas españoles, particularmente los de Calderón, no son celosos: al vengarse limpian una mancha, casi siempre imaginaria, que empaña su honra. No están enamorados: son los guardianes de su reputación, los esclavos de la opinión pública. Como dice uno de ellos:

> *El legislador tirano*
> *ha puesto en ajena mano*
> *mi opinión y no en la mía.*

En todos estos ejemplos, sin excluir al más conmovedor: Otelo, el código social es determinante. No en Proust, el gran poeta moderno, no del amor sino de su secreción venenosa, su perla fatal: los celos. Swann se sabe víctima de un delirio. No lo liga a Odette ni la tiranía de la atracción sexual ni la del espíritu. Años después, al recordar su pasión, se confiesa: «y pensar que he perdido los mejores años de mi vida por una mujer que no era mi tipo». Su atracción hacia Odette es un sentimiento inexplicable, salvo en términos negativos: Odette lo fascina porque es inaccesible. No su cuerpo: su conciencia. Como la amada ideal de los poetas provenzales, es inalcanzable. Lo es, a pesar de la facilidad con que se entrega, por el mero hecho de existir. Odette es infiel y miente sin cesar pero, si fuese sincera y fiel, también sería inaccesible. Swann la puede tocar y poseer, la puede aislar y encerrar, puede convertirla en su esclava: una parte de ella se le escapará. Odette será siempre *otra*. ¿Odette existe realmente o es una ficción de su amante? El sufrimiento de Swann es real: ¿también es real la mujer que lo causa? Sí, es una presencia, un rostro, un cuerpo, un olor y un pasado que no serán nunca suyos. La presencia es real y es impenetrable: ¿qué hay detrás de esos ojos, esa boca, esos senos? Swann nunca lo sabrá. Tal vez ni la misma Odette lo sabe; no sólo miente a su amante: se miente a ella misma.

El misterio de Odette es el de Albertina y el de Gilberta: el otro siempre se nos escapa. Proust analiza interminablemente su desdicha, desmenuza las mentiras de Odette y los subterfugios de Albertina pero se niega a reconocer la libertad del otro. El amor es deseo de posesión y es desprendimiento; en Proust sólo es lo primero y por esto su visión del amor es negativa. Swann sufre, se sacrifica por Odette, termina por casarse con ella y le da su nombre: ¿la amó alguna vez? Lo dudo y él mismo lo dudó también. Catulo y Lesbia son asociales; Swann y Odette, amorales. Ella no lo ama: lo usa. Él tampoco la ama: la desprecia. No obstante, no puede separarse de ella: sus celos lo atan. Está enamorado de su sufrimiento y su sufrimiento es vano. Vivimos con fantasmas y nosotros mismos somos fantasmas. Para salir de esta cárcel imaginaria no hay sino dos caminos. El primero es el del erotismo y ya vimos que termina en un muro. La pregunta del amante celoso, ¿en qué piensas, qué sientes?, no tiene sino la respuesta del sadomasoquismo: atormentar al otro o atormentarnos a nosotros mismos. En uno y en otro caso el otro es inaccesible e invulnerable. No somos transparentes ni para los demás ni para nosotros mismos. En esto consiste la falta original del hombre, la señal que nos condena desde el nacimiento. La otra salida es la del amor: la entrega, aceptar la libertad de la persona amada. ¿Una locura, una quimera? Tal vez, pero es la única puerta de la cárcel de los celos. Hace muchos años escribí: el amor es un sacrificio sin virtud; hoy diría: el amor es una apuesta, insensata, por la libertad. No la mía, la ajena.

La época de Augusto es la de la gran poesía latina: Virgilio, Horacio, Ovidio. Todos ellos nos han dejado obras memorables. ¿Poemas de amor? Los de Horacio y Ovidio son variaciones, con frecuencia perfectas, de los temas tradicionales del erotismo, casi siempre impregnadas de epicureísmo. ¿Y Virgilio? San Agustín dijo: «lloré por Dido cuando debería haber llorado por mis pecados». Gran elogio al artista insuperable; sin embargo, la descripción de los amores de Eneas y Dido es grandiosa como un espectáculo de ópera o como una tempestad vista de lejos: la admiramos pero no nos toca. Un poeta mucho más imperfecto, Propercio, supo comunicar con mayor hondura e inmediatez las penas y las alegrías del amor. Propercio inventa una heroína: Cintia. Mezcla de ficción y realidad, es una figura literaria y una persona real. Sabemos que existió y conocemos su nombre: Hostia, aunque los eruditos discuten si fue una cortesana o una mujer casada con un hombre de posibles. Amores novelescos y, no obstante, muy reales: encuentros, separaciones, infidelidades, mentiras, entregas, disputas interminables, momentos de sensualidad, otros de pasión, ira o morosa melancolía.

La modernidad de Propercio es extraordinaria. Añado que es la modernidad de Roma; no una gran ciudad: la ciudad. Muchos de los incidentes y episodios que relatan algunas elegías parecen arrancados de una novela moderna o de un filme. Por ejemplo: Cintia decide pasear por los alrededores de Roma con un amigo, en apariencia para honrar a la casta Juno, en realidad a Venus. Propercio decide vengarse y organiza una pequeña juerga en un lugar retirado. Mientras trata de divertirse con dos cortesanas pescadas en lugares equívocos —completan el cuadro un flautista egipcio y un enano que acompaña a la música con las palmas— Cintia irrumpe, despeinada y furiosa. Batalla campal, arañazos y mordiscos, fuga de las dos intrusas y el clamor del vecindario. Cintia vence y, al fin, perdona a su amante (IV-8). Realismo, amor por lo pintoresco y el detalle veraz, pasional y grotesco. Un humor que no perdona ni al autor ni a su amada. Pound redescubrió ese humor y lo hizo suyo. Pero la modernidad de Propercio no sólo es literaria: es un eslabón en la historia de la poesía amorosa.

Hay una elegía de Propercio que inaugura un modo poético destinado a tener continuadores ilustres. Me refiero a la elegía séptima del cuarto libro. Algunos críticos la condenan; les parece de mal gusto tanto por su asunto como por algunas de sus expresiones. A mí, en cambio, me conturba hondamente. El poema comienza con la declaración de un hecho insólito y que el poeta enuncia como si fuese algo natural y en el orden de las cosas: «No es una fábula, los manes existen; el fantasma de los muertos se escapa de la pira y vuelve entre nosotros.» Cintia ha muerto y fue incinerada apenas ayer. El lugar de las cremaciones está al lado de una carretera ruidosa como un cementerio de París o Nueva York. Precisamente a la hora en que su amante la recuerda, el fantasma se presenta en su lecho solitario. Es la misma de siempre, hermosa, aunque un poco más pálida. Hay detalles atroces: una parte de su túnica está chamuscada y ha desaparecido la sortija de berilo que llevaba en el anular, devorada por el fuego. Cintia ha vuelto para reprocharle sus infidelidades —olvida, como siempre, las suyas—, recordarle sus traiciones y repetirle su amor. El espectro termina con estas palabras: «puedes ahora andar con otras pero pronto serás mío, únicamente mío». Es alucinante el contraste entre el carácter sobrenatural del episodio y el realismo de la descripción, un realismo subrayado por la actitud y las palabras de Cintia, sus quejas, sus celos, sus transportes eróticos, la túnica quemada, el anillo desaparecido. Cintia revive su pasión como si no hubiese muerto: es una verdadera *alma en pena*. Al final de su fúnebre entrevista, se escapa de los brazos de su amante, no por su voluntad sino porque amanece «y una imperiosa ley ordena a las sombras regresar a las aguas del Leteo». Y le repite: serás mío y mezclaré el polvo de tus huesos con el polvo de los míos *(mecum eris et mixtis ossibus ossa teram)*. Mil seiscientos años después Quevedo escribiría: *polvo serán, mas polvo enamorado*.

Aunque la literatura antigua está llena de fantasmas, ninguna de esas apariciones tiene la realidad terriblemente física del espectro de Cintia. Tampoco su fúnebre erotismo: obligada por la ley divina, Cintia se desprende de los brazos de su amante contra su voluntad y esa separación equivale a una muerte renovada. Ulises y Eneas descienden al reino de las sombras y hablan con los muertos: uno va en busca de Tiresias para conocer su destino y el otro de su padre, Anquisis; a los dos los rodean tropeles de muertos ilustres, deudos, amigos, héroes y heroínas; ninguna de esas entrevistas tiene rasgos eróticos. Eneas divisa a Dido entre las sombras —como aquel, dice Virgilio, «que ve o cree ver a la luna atravesar débilmente las nubes»— pero la reina, rencorosa, no responde a sus palabras de arrepentimiento y se aleja en el bosque profundo. La escena es conmovedora; sin embargo, la emoción que provoca en nosotros pertenece a otro tipo de sentimiento: la compasión. En cambio, la visita de Cintia es una cita de amor de un vivo con una muerta. Propercio inaugura un género que llegará hasta Baudelaire y sus descendientes: la entrevista erótica con los muertos. La Edad Media estuvo poblada por íncubos y súcubos, demonios que, en forma de hombre y de mujer, se deslizaban en los lechos y copulaban con los frailes y las vírgenes, los siervos y las señoras. Estas apariciones lascivas y las del «demonio del mediodía» —tentación de los hijos de Saturno, los religiosos y los solitarios que cultivan al espíritu— son distintas al espectro de Cintia. Son espíritus infernales, no almas de difuntos.

En el Renacimiento y el período barroco la visita del fantasma se asoció al neoplatonismo. Hay varios ejemplos en esa tradición poética. El más impresionante es el soneto de Quevedo: *Amor constante más allá de la muerte*. Un astro negro y blanco, ardiente y helado. Conforme a la doctrina platónica, en la hora de la muerte el alma inmortal abandona al cuerpo y asciende a las esferas superiores o regresa a la tierra para purgar sus faltas. El cuerpo se corrompe y vuelve a ser materia amorfa; las almas de los enamorados se buscan y se unen. En esto el cristianismo coincide con el platonismo; incluso las almas de los adúlteros Paolo y Francesca giran juntas en el segundo círculo del infierno. Sin embargo, hay una diferencia substancial: a la inversa de la doctrina platónica, el cristianismo salva al cuerpo que, después del Juicio Final, resucita y vive la eternidad de la Gloria o la del Averno. Quevedo rompe con esta doble tradición y dice algo que no es ni platónico ni cristiano. El soneto de Quevedo ha sido justa y universalmente admirado pero me parece que no ha sido advertida su singularidad ni se ha reparado en todo lo que lo separa de la tradición neoplatónica. No es ésta la ocasión para emprender un análisis de este poema y me limitaré a un comentario suscinto. Para mayor claridad, transcribo el texto:

AMOR CONSTANTE MÁS ALLÁ DE LA MUERTE

Cerrar podrá mis ojos la postrera
sombra que me llevare el blanco día,
y podrá desatar esta alma mía
hora a su afán ansioso lisonjera;

mas no de esotra parte en la ribera
dejará la memoria, en donde ardía;
nadar sabe mi llama la agua fría,
y perder el respeto a la ley severa.

Alma a quien todo un Dios prisión ha sido,
venas que humor a tanto fuego han dado,
medulas que han gloriosamente ardido:

su cuerpo dejarán, no su cuidado;
serán ceniza, mas tendrá sentido;
polvo serán, mas polvo enamorado.

En el primer cuarteto el poeta evoca —o más exactamente: convoca— el día de su muerte. El mundo visible se desvanece y el alma, desatada del tiempo y sus engaños, regresa a la noche del principio, que es también la del fin. Conformidad con la ley de la vida: los hombres son mortales y sus horas están contadas. En el segundo cuarteto la conformidad se transforma en rebeldía. Insólita y poco cristiana transgresión: la memoria de su amor seguirá ardiendo en la otra orilla del Leteo. El alma, encendida por la pasión y vuelta llama nadadora, cruza el río del olvido. La conjunción de agua y fuego es una metáfora antigua como la imaginación humana, empeñada desde el principio en resolver la oposición de los elementos en unidad; en el soneto de Quevedo las nupcias del fuego y el agua asumen la forma de una relación a un tiempo polémica y complementaria. La llama lucha con el agua y la vence; a su vez, el agua es un obstáculo que, al mismo tiempo, le permite a la llama flotar sobre su moviente superficie. El alma, llama enamorada, viola la «ley severa» que separa al mundo de los muertos del de los vivos.

El primer terceto consuma la transgresión y prepara la metamorfosis final. En una rápida enumeración une, sin confundirlos, al alma y al cuerpo, este último personificado por dos elementos de la pasión erótica: la sangre y la médula. La primera línea dice que el alma ha vivido prisionera de «todo un Dios». No el Dios cristiano sino, aunque grande, un dios entre los otros: Eros, el amor. La imagen de la prisión amorosa aparece en otros poemas de Quevedo; por ejemplo, en el soneto que tiene por tema a un retrato de su amada que llevaba en una sortija: «En breve cárcel traigo aprisionado...» En general, como se ve precisamente en este soneto, no es el alma del amante la prisionera sino la figura de la amada, que está grabada (presa) en el corazón o en el alma de su enamorado. El amante, dice Sor Juana en otro soneto, labra con su fantasía una cárcel para encerrar la imagen amada. Aunque Quevedo dice lo contrario —el alma del amante es la prisionera— no borra la relación entre los dos términos, el amante y la amada. Ahora bien, en uno y otro caso el emblema de la pareja es el deseo que teje una cárcel amorosa. El deseo es una consagración, sea porque la cárcel es divina (Eros) o porque la prisionera es una diosa o una semidiosa (la mujer amada). Se conserva así una de las nociones cardinales del amor en Occidente: la consagración de la amada. En sus dos vertientes la imagen suscita la de la sagrada comunión, turbadora y sacrílega analogía que es asimismo una violación del platonismo y del cristianismo. La segunda línea recoge la conjunción entre el agua y el fuego pero ahora de una manera más acusada y violenta: la sangre del cuerpo alimenta la llama inmaterial de la pasión. La tercera línea no es menos impresionante: el fuego pasional consume la médula de los huesos. Nueva fusión de lo material y lo espiritual: la médula es la parte más íntima y secreta de la persona, «lo más substancioso», dice el diccionario, «de una cosa no material».

El sobrecogedor terceto final es el resultado de la transmutación en que consiste el combate amoroso entre el fuego y el agua, la vida y la muerte. En la primera línea el alma del amante abandona su cuerpo, «no su cuidado». Afirmación de la inmortalidad del alma pero que continúa presa en los lazos de este mundo. El alma sigue prendida, por el deseo, a otro cuerpo, el de la mujer amada. El «cuidado» que retiene al alma a la orilla del río del olvido y que convierte a la memoria en llama nadadora, no es el amor a las ideas eternas ni al Dios cristiano: es deseo hacia una persona humana, mortal. La frase de Blake, «la eternidad está enamorada de las obras del tiempo», es perfectamente aplicable a este verso blasfemo. La línea siguiente invierte los términos de la paradoja: las venas «serán ceniza, mas tendrá sentido». Los residuos inanimados del cuerpo no perderán ni la sensibilidad ni la conciencia: sentirán y se darán cuenta de su sentimiento. La médula es objeto de la misma transmutación: aunque será polvo, materia vil, seguirá amando. Los restos del muerto, sin dejar de ser despojos materiales, conservan los atributos del alma y de la vida: el sentir y el sentido. En la tradición platónica, el alma abandona el cuerpo en busca de las formas eternas; en la cristiana, el alma se reunirá con su cuerpo un día: el día de los días (el del Juicio Final). Heredero de ambas tradiciones, Quevedo las altera y, en cierto modo, las profana: aunque el cuerpo se deshace en materia informe, esa materia está animada. El poder que la anima y le infunde una terrible eternidad es el amor, el deseo.

Religión y poesía viven en continua ósmosis. En el soneto de Quevedo es constante la presencia de los mitos y los ritos del paganismo grecorromano; también están presentes, aunque de modo menos directo, los misterios del cristianismo. El tema del soneto es profundamente religioso y filosófico: la supervivencia del alma. Pero la visión de Quevedo es única y, en su singularidad, trágica. El cuerpo dejará de ser una forma humana; será materia inánime y, no obstante, seguirá amando. La distinción entre alma y cuerpo se desvanece. Derrota del alma: todo vuelve a ser polvo. Derrota del cuerpo: ese polvo está animado y siente. El fuego, que destruye al cuerpo, también lo anima y lo convierte en cenizas deseantes. El fuego del poema es metafórico y designa a la pasión; sin embargo, en el ánimo del lector evoca obscuramente el rito pagano grecorromano de la incineración del cadáver, reprobado por la Iglesia. Es imposible saber si Quevedo tuvo conciencia de esta asociación; probablemente se dejó llevar por imágenes inconscientes. Por lo demás, no importa demasiado saberlo; lo que cuenta es lo que siente el lector al leer el poema... y lo que siente es que el fuego del amor de pronto deja de ser una gastada metáfora y se vuelve una llama real que devora el cuerpo de un muerto. Resurrección de una imagen que duerme en el inconsciente colectivo de nuestra civilización. El *Diccionario de Autoridades*, al definir el significado de la palabra *ceniza*, dice que designa «los huesos y residuos de algún difunto, haciendo alusión al estilo que introdujo y observó la antigüedad de quemar los cuerpos de sus difuntos, separando sus cenizas para conservarlas en sepulcros, urnas o pirámides». El soneto de Quevedo es una urna de forma piramidal, una llama.

En la edad moderna la entrevista fúnebre con el fantasma adopta otras formas. Algunas están impregnadas de religiosidad y ven en la amada muerta y en su visita una promesa de redención: la Aurelia de Nerval o la Sofía de Novalis. Otras veces la visión se presenta como una culpable alucinación y otras más como la proyección de una conciencia perversa. En las visiones de Baudelaire triunfa el mal, con su cortejo de vampiros y demonios. No es fácil saber si esas imágenes son hijas de un espíritu enfermo o las formas del remordimiento. El tema del fantasma erótico en la literatura moderna es muy vasto; ni es el momento de explorarlo ni yo me siento capaz de hacerlo. Recuerdo solamente un poema de López Velarde que combina la promesa religiosa de salvación por el amor, predilecta de los románticos, con el realismo de Propercio. Ese poema fue escrito un poco antes de que muriese el poeta; quedó inconcluso y contiene dos líneas indescifrables. Todo esto lo hace más impresionante.

El poema revela un estado de ánimo al que le conviene admirablemente una de sus palabras predilectas:

zozobra. Puede leerse como una premonición: es el relato de un sueño que el poeta llama «apocalíptico», doble anuncio de sus postrimerías y de unas nupcias fúnebres. Es un sueño que expresa sus deseos y sus temores: poema de amor a una muerta y terror ante la muerte. López Velarde podría haber dicho, como Nerval: *c'est la mort —ou la morte...* Su visión es realista: aunque no la menciona por su nombre, es claro que la mujer de la aparición es Fuensanta, su amor juvenil y a la que dedicó su primer libro. Muerta unos años antes, en mil novecientos diecisiete, había sido enterrada en el Valle de México, lejos de su provincia nativa. Por esto la llama «la prisionera del Valle de México». También menciona el traje con que fue sepultada, comprado en un viaje de recreo. La aparecida lleva unos guantes negros y lo atrae «al océano de su seno». Escalofriante correspondencia entre los dos poemas: Propercio cuenta que, aunque la voz y el talante del fantasma de Cintia eran los de un ser vivo, «los huesos de sus dedos crujían al moverse sus frágiles manos»; López Velarde, menos brutalmente, dice que sus cuatro manos se enlazaron «como si fuesen los cuatro cimientos de la fábrica de los universos» y se pregunta:

> *¿Conservabas tu carne en cada hueso?*
> *El enigma de amor se veló entero*
> *en la prudencia de tus guantes negros.*

Los poemas de Catulo y Propercio son visiones sombrías del amor: celos, traiciones, abandono, muerte. Pero así como, frente al erotismo negro de Sade, surgen la pasión solar de Lawrence y el gran Sí de aceptación de Molly Bloom, en la literatura grecorromana hay también poemas y novelas que celebran el triunfo del amor. Ya mencioné el cuento de Apuleyo. Otro ejemplo es *Dafnis y Cloe*, la pequeña obra maestra de Longo. Las novelas griegas del período alejandrino y romano son ricas en historias de amor. Hoy pocos leen esas obras; en su tiempo fueron inmensamente populares, como lo son ahora las novelas sentimentales. También fueron muy gustadas en los siglos XVI y XVII. Cervantes confiesa que la obra de su vejez, *Los trabajos de Persiles y Segismunda*, que él consideraba su novela más perfecta y la mejor escrita, había sido inspirada por Heliodoro. La crítica moderna agrega otra influencia griega: la de Aquiles Tacio. Autores tan diversos como Tasso, Shakespeare y Calderón, admiraron a Heliodoro y a veces lo imitaron. Conocemos el amor que el adolescente Racine profesaba a Teógenes y a Cariclea, los héroes de la novela de Heliodoro; sorprendido por su severo maestro en plena lectura de ese autor profano, Racine sufrió sin chistar la confiscación del libro, diciendo: «no importa, lo sé de memoria». Era explicable la afición a este tipo de obras: aparte de ser muy entretenidas por las peripecias y aventuras que contaban, mostraban a los lectores de los siglos XVI y XVII un aspecto de la Antigüedad muy distinto al de la época clásica y más cercano a sus preocupaciones y a su sensibilidad. A diferencia de las novelas latinas, como *El Satiricón y El asno de oro*, que pertenecen realmente a la picaresca, el centro de las novelas griegas es el amor, un tema que era también el de los poetas del Renacimiento y del Barroco.

La preeminencia de los asuntos eróticos, sobre todo heterosexuales, es una nota predominante en la literatura y el arte de la época helenística. No aparece en la Grecia clásica. Michael Grant señala que uno de los poetas más famosos de este período, Apolonio de Rodas, «fue el primer poeta que convirtió al amor en un tema cardinal de la poesía épica».[5] Se refiere a la historia de la pasión de Medea por Jasón en *Los argonautas*. Ese amor había sido tema de tragedia para Eurípides; Apolonio lo transformó en una historia romántica. En la Comedia Nueva el eje de la acción dramática es invariablemente el amor de un joven de buena familia por una hetaira o una esclava que, al final, resulta ser la hija de un ciudadano prominente, robada al nacer. Las heroínas de Eurípides eran reinas y princesas; las de Menandro, hijas de familias burguesas. También abundan en esas obras mujeres de modesta condición, como la Simetha de Teócrito, o conducidas por la cruel fortuna al estado servil. Las hetairas, que habían gozado de una posición elevada en la Atenas de Pericles, la conservaron en Alejandría y en las otras ciudades. En las novelas de Heliodoro, Tacio y los otros, los héroes son príncipes y princesas reducidos por la caprichosa Fortuna —que había substituido al severo Destino— a la servidumbre, la esclavitud y otras desdichas. Sus complicadas y fantásticas aventuras —prisiones, fugas, combates, estratagemas para burlar a déspotas lascivos y a reinas en celo— tenían como fondo y acompañamiento los naufragios, las travesías por desiertos y montañas, los viajes por países bárbaros y de costumbres extrañas. El exotismo siempre ha sido uno de los condimentos de las historias de amor. El viaje, además, cumplía otra función: la del obstáculo vencido. La función del viaje era doble: alejaba a los amantes y al final, inesperadamente, los juntaba. Al cabo de mil penalidades, libres al fin de la male-

5. Michael Grant, *From Alexander to Cleopatra*, The Hellenistic World, Nueva York, 1986.

volencia y la lujuria de tiranos y tiranas, él y ella regresaban a su tierra sanos, salvos y puros para, al fin, casarse.

La sociedad clásica reprobó a la pasión amorosa. Platón, en el *Fedro* la juzga un delirio. Más tarde, en las *Leyes*, llegó incluso a proscribir la pasión homosexual. Los otros filósofos no fueron menos severos y aun Epicuro vio en el amor una amenaza contra la serenidad del alma. En cambio, los poetas alejandrinos lo exaltaron, aunque sin cerrar los ojos ante sus estragos. Ya insinué, más arriba, las razones de orden histórico, social y espiritual de este gran cambio. En las grandes urbes apareció un nuevo tipo de hombre y mujer, más libre y dueño de sí. El ocaso de las democracias y la aparición de monarquías poderosas, provocó un repliegue general hacia la vida privada. La libertad política cedió el sitio a la libertad interior. En esta evolución de las ideas y las costumbres fue decisiva la nueva situación de la mujer. Sabemos que por primera vez en la historia griega las mujeres comenzaron a desempeñar oficios y funciones fuera de su casa. Algunas fueron magistrados, un hecho que habría sido insólito para Platón y Aristóteles; otras fueron parteras, otras se dedicaron a los estudios filosóficos, a la pintura, a la poesía. Las mujeres casadas eran bastante libres, como se ve por la verdura de los dichos de las locuaces comadres de Teócrito y Herondas. El matrimonio comenzó a verse como un asunto que no debía arreglarse únicamente entre los jefes de familia sino como un acuerdo en el que era esencial la participación de los contrayentes. Todo esto prueba, una vez más, que la emergencia del amor es inseparable de la emergencia de la mujer. No hay amor sin libertad femenina.

Un ateniense del siglo V a.C. era, ante todo, un ciudadano; un alejandrino del siglo III a.C. era un súbdito de Ptolomeo Filadelfo. «La novela griega, la Comedia Nueva y, más tarde, la elegía amorosa», dice Pierre Grimal, «no podían nacer sino en una sociedad que había aflojado los lazos tradicionales para darle al individuo un lugar más amplio... La novela abre las puertas del gineceo y salta las murallas del jardín por el que se paseaban las hijas de las familias decentes». Esto fue posible porque se había creado un espacio íntimo de libertad y ese espacio estaba abierto a la mirada del poeta y a la del público. El individuo privado aparece y, con él, un tipo de libertad desconocida: «la tradición encadena y determina al héroe trágico, mientras que el héroe de la novela es libre».[6] Los deberes políticos, exaltados por la filosofía de Platón y Aristóteles, son desplazados por la búsqueda de la felicidad personal, la sabiduría o la serenidad, al margen de la sociedad. Pirrón busca la indiferencia, Epicuro la templanza, Zenón la impasibilidad: virtudes privadas. Otros buscan el placer, como Calímaco y Meleagro. Todos desdeñan la vida política.

En Roma los poetas elegíacos proclaman con cierta ostentación que sirven a una milicia distinta a la que combate en las contiendas civiles o conquista tierras lejanas para Roma: la *militia amoris*. Tibulo elogia la edad de oro porque, a la inversa de la nuestra, «que ha ensangrentado los mares y llevado la muerte a todas partes», no conoció el azote de la guerra: «el arte cruel del guerrero aún no había forjado la espada». Las únicas batallas que exalta Tibulo en sus poemas son las del amor. Propercio es más desafiante. En una elegía le deja a Virgilio la gloria de celebrar la victoria de Augusto en Acio; él prefiere cantar sus amores con Cintia, como el «volup-

6. Pierre Grimal, introducción a *Romans, grecs et latins*, Bibliothèque de La Pléiade, Gallimard, 1958.

tuoso Catulo, que hizo a Lesbia, con sus versos, más famosa que Helena». En otra elegía nos dice con desenvoltura lo que siente ante las hazañas patrióticas: «El divino César (Augusto) se apresta a llevar sus armas hasta el Indo... a someter las corrientes del Tigris y el Éufrates... a llevar al templo de Júpiter los trofeos de los partos vencidos... A mí me basta con aplaudir el desfile desde la Vía Sacra...» Todos estos testimonios de Alejandría y Roma pertenecen a lo que he llamado la *prehistoria* del amor. Todos ellos exaltan una pasión que la filosofía clásica había condenado como una servidumbre. La actitud de Propercio, Tibulo y los otros poetas era un desafío a la sociedad y a sus leyes, una verdadera premonición de lo que hoy llamamos «desobediencia civil». No en nombre de un principio general, como en el caso de Thoreau, sino por una pasión individual como el héroe de *La edad de oro*, la película de Buñuel y Dalí. Los poetas también podrían haber dicho que el amor nace de una atracción involuntaria que nuestro albedrío transforma en unión voluntaria. Esto último es su condición necesaria, el acto que transforma la servidumbre en libertad.

LA DAMA Y LA SANTA

La Antigüedad grecorromana conoció al amor, casi siempre como pasión dolorosa y, no obstante, digna de ser vivida y en sí misma deseable. Esta verdad, legada por los poetas de Alejandría y de Roma, no ha perdido nada de su vigencia: el amor es deseo de *completud* y así responde a una necesidad profunda de los hombres. El mito del andrógeno es una realidad psicológica: todos, hombres y mujeres, buscamos nuestra mitad perdida. Pero el mundo antiguo careció de una doctrina del amor, un conjunto de ideas, prácticas y conductas encarnadas en una colectividad y compartidas por ella. La teoría que pudo haber cumplido esa función, el eros platónico, más bien desnaturalizó al amor y lo transformó en un erotismo filosófico y contemplativo del que, además, estaba excluida la mujer. En el siglo XII, en Francia, aparece al fin el amor, no ya como un delirio individual, una excepción o un extravío sino como un ideal de vida superior. La aparición del «amor cortés» tiene algo de milagroso pues no fue la consecuencia de una prédica religiosa ni de una doctrina filosófica. Fue la creación de un grupo de poetas en el seno de una sociedad más bien reducida: la nobleza feudal del mediodía de la antigua Galia. No nació en un gran imperio ni fue el fruto de una vieja civilización: surgió en un conjunto de señoríos semi-independientes, en un período de inestabilidad política pero de inmensa fecundidad espiritual. Fue un anuncio, una primavera. El siglo XII fue el siglo del nacimiento de Europa; en esa época surgen lo que serían después las grandes creaciones de nuestra civilización, entre ellas dos de las más notables: la poesía lírica y la idea del amor como forma de vida. Los poetas inventaron al «amor cortés». Lo inventaron, claro, porque era una aspiración latente de aquella sociedad.[1]

La literatura sobre el «amor cortés» es vastísima. Aquí tocaré sólo unos cuantos puntos que juzgo esenciales en relación con el objeto de estas reflexiones. En otros escritos he tratado este asunto así como otros dos conexos: el amor en la poesía de Dante y en la lírica del barroco hispano; en este ensayo no volveré sobre ello.[2] El término «amor cortés» refleja la distinción medieval entre *corte* y *villa*. No el amor villano —copulación y procreación— sino un sentimiento elevado, propio de las cortes señoriales. Los poetas no lo llamaron «amor cortés»; usaron otra expresión: *fin'amors*, es decir, amor purificado, refinado.[3] Un amor que no tenía por fin ni el

---

1. *Poesía provenzal* es un término inexacto, tanto desde el punto de vista lingüístico como geográfico, pero consagrado por la costumbre.

2. Véanse las páginas finales de *Apariencia desnuda (La obra de Marcel Duchamp)*, 1973; el capítulo «Concilio de luceros», en *Sor Juana Inés de la Cruz o Las trampas de la fe*, Seix Barral, Barcelona, 1982; y «Quevedo, Heráclito y algunos sonetos», en *Sombras de obras*, Seix Barral, Barcelona, 1983.

3. Amor en provenzal es voz femenina. Sin embargo, para evitar confusiones, cuando use la expresión *fin'amors* me serviré del género masculino.

mero placer carnal ni la reproducción. Una ascética y una estética. Aunque entre estos poetas hubo personalidades notables, lo que cuenta realmente es su obra colectiva.[4] Las diferencias individuales, con ser profundas, no impidieron que todos compartiesen los mismos valores y la misma doctrina. En menos de dos siglos estos poetas crearon un código de amor, todavía vigente en muchos de sus aspectos, y nos legaron las formas básicas de la lírica de Occidente. Tres notas de la poesía provenzal: la mayor parte de los poemas tiene por tema el amor; este amor es entre hombre y mujer; los poemas están escritos en lengua vulgar. Dante da la razón de esta preferencia por la lengua vulgar y no por el latín: los poetas querían darse a entender por las damas. *(Vita Nuova.)* Poemas no para ser leídos sino oídos, acompañados por la música, en la *cour* del castillo de un gran señor. Esta feliz combinación entre la palabra hablada y la música sólo podía darse en una sociedad aristocrática amiga de los placeres refinados, compuesta por hombres y mujeres de la nobleza. Y en esto reside su gran novedad histórica: el banquete platónico era de hombres solos y las reuniones que se adivinan en los poemas de Catulo y Propercio eran fiestas de libertinos, cortesanas y aristócratas de vida libre como Clodia.

Varias circunstancias históricas hicieron posible el nacimiento del «amor cortés». En primer término, la exis-

4.   Entre ellos: Guillermo IX, duque de Aquitania (el primer poeta provenzal), Jaufré Rudel, Marcabrú, Bernart de Ventadorn, Arnaut Daniel, Bertran de Born, la Condesa de Dia (¿Beatriz o Isoarda?), Peire Vidal, Peire Cardenal... Sobre la poesía provenzal la literatura es abundante. En español contamos con una obra fundamental: Martín de Riquer: *Los trovadores (Historia literaria y textos)*, tres tomos, Ariel, Barcelona, 1983.

tencia de señoríos feudales relativamente independientes y ricos. El siglo XII fue un período de afluencia: agricultura próspera, comienzos de la economía urbana, actividad comercial no sólo entre las regiones europeas sino con el Oriente. Fue una época abierta al exterior: gracias a las Cruzadas los europeos tuvieron un contacto más estrecho con el mundo oriental, con sus riquezas y con sus ciencias; a través de la cultura árabe, redescubrieron a Aristóteles, a la medicina y a la ciencia grecorromanas. Entre los poetas provenzales algunos participaron en las Cruzadas. El fundador, Guillermo de Aquitania, estuvo en Siria y más tarde en España. Las relaciones con esta última fueron particularmente fructíferas tanto en el dominio de la política y el comercio como en el de las costumbres; no era raro encontrar en las cortes de los señores feudales bailarinas y cantantes árabes de Al-Andalus. Al comenzar el siglo XII el mediodía de Francia fue un lugar privilegiado en el que se entrecruzaban las más diversas influencias, desde las de los pueblos nórdicos a las de los orientales. Esta diversidad fecundó a los espíritus y produjo una cultura singular que no es exagerado llamar la primera civilización europea.

La aparición del «amor cortés» sería inexplicable sin la evolución de la condición femenina. Este cambio afectó sobre todo a las mujeres de la nobleza, que gozaron de mayor libertad que sus abuelas en los siglos obscuros. Varias circunstancias favorecieron esta evolución. Una fue de orden religioso: el cristianismo había otorgado a la mujer una dignidad desconocida en el paganismo. Otra, la herencia germánica: ya Tácito había señalado con asombro que las mujeres germanas eran mucho más libres que las romanas (De Germania). Finalmente, la situación del mundo feudal. El matrimonio entre los señores no estaba fundado en el amor sino en intereses políticos, económicos y estratégicos. En ese mundo en perpetua guerra, a veces en países lejanos, las ausencias eran frecuentes y los señores tenían que dejar a sus esposas el gobierno de sus tierras. La fidelidad entre una y otra parte no era muy estricta y abundan los ejemplos de relaciones extraconyugales. Hacia esa época se había hecho popular la leyenda arturiana de los amores adúlteros de la reina Ginebra con Lanzarote así como la suerte desdichada de Tristán e Isolda, víctimas de una pasión culpable. Por otra parte, aquellas damas pertenecían a familias poderosas y algunas no vacilaban en enfrentarse a sus maridos. Guillermo de Aquitania tuvo que soportar que su segunda mujer lo abandonase y que, refugiada en una abadía y aliada a un obispo, no descansase hasta lograr su excomunión.[5] Entre las mujeres de ese período destacó la figura de Leonor de Aquitania, esposa de dos reyes, madre de Ricardo Corazón de León y patrona de poetas. Varias damas de la aristocracia fueron también trovadoras; ya he mencionado a la condesa de Dia, famosa *trobairitz*. Las mujeres disfrutaron de libertades en el período feudal que perdieron más tarde por la acción combinada de la Iglesia y la monarquía absoluta. El fenómeno de Alejandría y Roma se repitió: la historia del amor es inseparable de la historia de la libertad de la mujer.

No es fácil determinar cuáles fueron las ideas y doctrinas que influyeron en la aparición del «amor cortés». En todo caso, fueron pocas. La poesía provenzal nació en una sociedad profundamente cristiana. Sin embargo, en muchos puntos esenciales el «amor cortés» se aparta de las enseñanzas de la Iglesia y aun se opone a ellas. La

5.   La abadía de Fontevrault, gobernada por una abadesa. Guillermo la llamó «abadía de putas».

formación de los poetas, su cultura y sus creencias eran cristianas pero muchos de sus ideales y aspiraciones estaban en pugna con los dogmas del catolicismo romano. Eran sinceros creyentes y, al mismo tiempo, oficiaban en un culto secular y que no era el de Roma. No parece que esta contradicción los haya perturbado, al menos al principio; en cambio, no pasó inadvertida para las autoridades eclesiásticas, que siempre reprobaron al «amor cortés». En cuanto a la influencia de la Antigüedad grecorromana: fue insignificante. Los poetas provenzales conocían a los poetas latinos de manera vaga y fragmentaria. Había, sí, el precedente de una literatura «neolatina» de clérigos que escribían «epístolas amatorias» a la manera de Ovidio; según René Nelli: «no tuvieron influencia ni en el estilo de los primeros trovadores ni en sus ideas sobre el amor».[6] Varios críticos afirman que la prosodia de la poesía litúrgica latina influyó en la métrica y en las formas estróficas de la lírica provenzal. Es posible. De todos modos, los temas religiosos de esa poesía no podían influir en las canciones eróticas de los provenzales. Por último: el platonismo, el gran fermento erótico y espiritual de Occidente. Aunque no hubo una transmisión directa de las doctrinas platónicas sobre el amor, es verosímil que hayan llegado a los poetas provenzales ciertas nociones de esas ideas a través de los árabes. Esta hipótesis merece un comentario aparte.

Al hablar de las relaciones entre la «cortesía» árabe y la de Occitania, René Nelli dice: «La influencia más temprana, profunda y decisiva fue la de la España musul-

6. René Nelli, *L'Érotique des troubadours*, Toulouse, 1963.

mana. Las Cruzadas en España enseñaron más a los barones meridionales que las cruzadas en Oriente.» La mayoría de los entendidos admite que los poetas provenzales adoptaron dos formas poéticas populares arábigo-andaluzas: el zéjel y la *jarcha*. Menciono, en seguida, otro préstamo de mayor significación y que tuvo consecuencias muy profundas no sólo en la poesía sino en las costumbres y las creencias: la inversión de las posiciones tradicionales del amante y su dama. El eje de la sociedad feudal era el vínculo vertical, a un tiempo jurídico y sagrado, entre el señor y el vasallo. En la España musulmana los emires y los grandes señores se habían declarado sirvientes y esclavos de sus amadas. Los poetas provenzales adoptan la costumbre árabe, invierten la relación tradicional de los sexos, llaman a la dama su señora y se confiesan sus sirvientes. En una sociedad mucho más abierta que la hispano-musulmana y en la que las mujeres gozaban de libertades impensables bajo el Islam, este cambio fue una verdadera revolución. Trastocó las imágenes del hombre y la mujer consagradas por la tradición, afectó a las costumbres, alcanzó al vocabulario y, a través del lenguaje, a la visión del mundo. Siguiendo el uso de los poetas de Al-Andalus, que llamaban a sus amadas *sayyidí* (mi señor) y *mawlanga* (mi dueño), los provenzales llamaron a sus damas *midons (meus dominus)*. Es un uso que ha llegado hasta nuestros días. La masculinización del tratamiento de las damas tendía a subrayar la alteración de la jerarquía de los sexos: la mujer ocupaba la posición superior y el amante la del vasallo. El amor es subversivo.

Podemos ahora abordar el difícil tema del platonismo. En la erótica árabe el amor más alto es el puro; todos los tratadistas exaltan la continencia y elogian los amores castos. Se trata de una idea de origen platónico, aunque modificada por la teología islámica. Es conocida la influencia de la filosofía griega en el pensamiento árabe. Los *falasifos* (transcripción árabe de *filósofos*) dispusieron muy pronto de las obras de Aristóteles y de algunos tratados platónicos y neoplatónicos. Hay una línea de filósofos árabes impregnados de neoplatonismo. Es útil distinguir entre aquellos que concebían al amor como un camino hacia la divinidad y los que lo circunscribían a la esfera humana, aunque con una ventana abierta a las esferas superiores. Para la ortodoxia islámica la vía mística que busca la unión con Dios es una herejía: la distancia entre el creador y la criatura es infranqueable. A pesar de esta prohibición, una de las riquezas espirituales del Islam es la mística sufí, que sí acepta la unión con Dios. Entre los poetas y místicos sufíes, algunos fueron mártires y murieron por sus ideas. A la tendencia ortodoxa pertenecía Muhammad Ibn Dàwūd, jurista y poeta de Bagdad. Su caso es singular porque Ibn Dàwūd fue también el autor de un libro, *Kitab-al-Zahra (El libro de la flor)*, que es un tratado sobre el amor en el que es claramente perceptible la influencia de *El Banquete* y el *Fedro*: el amor nace de la vista de un cuerpo hermoso, los grados del amor van de lo físico a lo espiritual, la belleza del amado como vía hacia la contemplación de las formas eternas. Sin embargo, fiel a la ortodoxia, Ibn Dàwūd rechaza la unión con Dios: la divinidad, sempiterna otredad, es inaccesible.

Un siglo después, en la Córdoba de los Omeyas, el filósofo y poeta Ibn Hazm, una de las figuras más atrayentes de Al-Andalus, escribe un pequeño tratado de amor, *El collar de la paloma*, traducido hoy a casi todas las lenguas europeas. Nosotros tenemos la suerte de contar con la admirable versión de Emilio García Gómez.[7] Para Ibn Hazm el amor nace, como en Platón, de la vista de la hermosura física. También habla, aunque de manera menos sistemática, de la escala del amor, que va de lo físico a lo espiritual. Ibn Hazm menciona un pasaje de Ibn Dàwūd que, a su vez, es una cita de *El Banquete*: «Mi parecer (sobre la naturaleza del amor) es que consiste en la unión entre las partes de almas que andan divididas, en relación a cómo eran primero en su elevada esencia, pero no como lo afirma Ibn Dàwūd (¡Dios se apiade de él!) cuando, respaldándose en la opinión de cierto filósofo, dice que las almas son "esferas partidas", sino por la relación que tuvieron antes en su altísimo mundo...» El filósofo es Platón y las «esferas partidas» aluden al discurso sobre los andróginos en *El Banquete*. La idea de que las almas se buscan en este mundo por las relaciones que tuvieron antes de descender a la tierra y encarnar en un cuerpo, también es de estirpe platónica: es la *reminiscencia*.

Hay otros ecos del *Fedro* en *El collar de la paloma*: «Veo una forma humana pero, cuando medito más detenidamente, creo ver en ella un cuerpo que viene del mundo celeste de las Esferas.» La contemplación de la hermosura es una epifanía. Por mi parte he encontrado otro eco de Ibn Hazm, no en los poetas provenzales sino en Dante. En el primer capítulo de *El collar de la paloma* se lee: «El amor, en sí mismo, es un accidente y no puede, por tanto, ser soporte de otros accidentes» (capítulo primero:

7. Según García Gómez, *El libro de la flor* es probablemente de 890 y *El collar de la paloma* de 1022. En su extensa introducción a *El collar de la paloma* (Alianza Editorial, Madrid, 1971), García Gómez hace una interesante comparación entre las ideas de Ibn Hazm y las del Arcipreste de Hita. Nos hace falta un buen ensayo moderno sobre el *Libro de buen amor*.

«La esencia del amor»). En el capítulo XXV de la *Vita Nuova* se dice, casi con las mismas palabras: «El amor no existe en sí como substancia: es el accidente de una substancia.» En uno y otro caso el sentido es claro: el amor no es ni un ángel ni un ser humano (una substancia incorpórea inteligente o una substancia corpórea inteligente) sino *algo que les pasa* a los hombres: una pasión, un accidente. La distinción entre substancia y accidente es más aristotélica que platónica pero lo que deseo subrayar es la turbadora coincidencia entre Ibn Hazm y Dante. Me parece que, a medida que pasan los años, se confirma más y más la idea de Asín Palacios, el primero que descubrió la presencia del pensamiento árabe en la poesía de Dante.

¿Conocieron los provenzales el tratado de Ibn Hazm? Aunque es imposible dar una respuesta segura, hay indicios que parecen mostrar la influencia del tratado árabe sobre el *fin'amors*. Más de ciento cincuenta años después, Andrés el Capellán escribe, a pedido de María de Champaña, hija de Leonor de Aquitania, un tratado sobre el amor: *De arte honesta amandi*, en el que repite ideas y fórmulas que figuran en *El collar de la paloma*.[8] No es gratuito suponer, además, que antes de escrito el tratado de Andrés el Capellán (1185), los poetas conocían, así fuese de manera fragmentaria, las ideas de la erótica árabe, al mismo tiempo que asimilaban las formas métricas y el vocabulario amoroso de su poesía. Las afinidades son numerosas: el culto a la belleza física, las escalas del amor, el elogio a la castidad —método de purificación del deseo y no fin en sí misma— y la visión del amor como la revelación de una realidad transhumana, pero no como una vía para lle-

8. *The Art of Courtly Love*, edición, traducción e introducción de J. J. Parry, Nueva York, 1941.

gar a Dios. Esto último es decisivo: ni el «amor cortés» ni la erótica de Ibn Hazm son una mística. En los dos el amor es humano, exclusivamente humano, aunque contenga reflejos de otras realidades o, como dice Hazm, del «mundo de las Esferas». Concluyo: la concepción occidental del amor muestra mayor y más profunda afinidad con la de árabes y persas que con las de la India y el Extremo Oriente. No es extraño: ambas son derivaciones o, más exactamente, desviaciones de dos religiones monoteístas y ambas comparten la creencia en una alma personal y eterna.

El «amor cortés» florece en la misma época y en la misma región geográfica en que aparece y se extiende la herejía cátara.[9] Debido a sus prédicas igualitarias y a la pureza y rectitud de costumbres de sus obispos, el catarismo conquistó rápidamente una vasta audiencia popular. Su teología impresionó a los letrados, a la burguesía y a la nobleza. Sus críticas a la Iglesia romana alentaron a una población cansada de los abusos del clero y de las intrusiones de los legados papales. La ambición de los grandes señores, que deseaban apoderarse de los bienes de la Iglesia y que se sentían amenazados por la monarquía francesa, favoreció también a la nueva fe. Por último, un sentimiento colectivo que no sé si llamar nacionalista: el orgullo y la conciencia de compartir una lengua, unas costumbres y una cultura. Un sentimiento difuso pero po-

9. Del griego *kátharos*: puros. ¿Por qué suprimimos la h de *ká-tharos*? El francés la conserva. Aunque la Academia lo acepta e incluso lo aplaude, la pretensión de fonetizar del todo a la ortografía del español es inútil y bárbara. Nos separa más y más de nuestras raíces y de las otras lenguas europeas, como se ve en los casos de posdata, sicología, seudónimo y otros engendros.

deroso: el de pertenecer a una comunidad, la Occitania, el país de la lengua de *oc*, rival del país de la lengua de *oil*. Dos sociedades, dos sensibilidades que habían cristalizado en dos maneras de decir *oui* (sí), esa partícula que nos define no por lo que negamos sino por lo que afirmamos y somos. Al enraizar en Occitania, la religión cátara se identificó con la lengua y la cultura del país. Muchos de los grandes señores y damas que protegieron a los trovadores tenían simpatías por esa doctrina. Aunque hubo pocos trovadores cátaros —y ninguno de ellos escribió poesías amorosas— es natural que hubiese cierta relación entre el «amor cortés» y las creencias de los cátaros. Pero no contento con esta verdad inocua, Denis de Rougemont fue más allá: pensó que los poetas provenzales se habían inspirado en la doctrina cátara y que de ella venían sus ideas cardinales. De deducción en deducción llegó a afirmar que el amor occidental era una herejía —y una herejía que no sabía que lo era. La idea de Rougemont es seductora y confieso que durante algún tiempo conquistó, no sin reticencias, mi adhesión. Ya no y en seguida explico mis razones.

Más que una herejía, el catarismo fue una religión pues su creencia fundamental es un dualismo que se opone a la fe cristiana en todas sus modalidades, de la católica romana a la bizantina. Sus orígenes están en Persia, cuna de religiones dualistas. Los cátaros profesaban no sólo la coexistencia de dos principios —la luz y las tinieblas— sino en su versión más extrema, la de los albigenses, la de dos creaciones. Como varias sectas gnósticas de los primeros siglos, creían que la tierra era la creación de un demiurgo perverso (Satán) y que la materia era, en sí misma, mala. Creían también en la transmigración de las almas, condenaban la violencia, eran vegetarianos, predicaban la castidad (la reproducción era un pecado), no condenaban al suicidio y dividían a su Iglesia en «perfectos» y simples creyentes. El crecimiento de la Iglesia cátara en el mediodía de Francia y en el norte de Italia es un fenómeno asombroso, no inexplicable: el dualismo es nuestra respuesta espontánea a los horrores y las injusticias de aquí abajo. Dios no puede ser el creador de un mundo sujeto al accidente, al tiempo, al dolor y a la muerte; sólo un demonio pudo haber creado una tierra manchada de sangre y regida por la injusticia.

Ninguna de estas creencias tiene la menor afinidad con las del «amor cortés». Más bien debe decirse lo contrario: hay oposición entre ellas. El catarismo condena a la materia y esa condenación alcanza a todo amor profano. De ahí que el matrimonio fuese visto como un pecado: engendrar hijos de carne era propagar la materia, continuar la obra del demiurgo Satán. Se toleraba el matrimonio, para el común de los creyentes, como un *pis aller*, un mal necesario. El *fin'amors* lo condena también pero por una razón diametralmente opuesta: era un vínculo contraído, casi siempre sin la voluntad de la mujer, por razones de interés material, político o familiar. Por esto exaltaba las relaciones fuera del matrimonio, a condición de que no estuviesen inspiradas por la mera lascivia y fuesen consagradas por el amor. El cátaro condenaba al amor, incluso al más puro, porque ataba el alma a la materia; el primer mandamiento de la «cortesía» era el amor a un cuerpo hermoso. Lo que era santo para los poetas, era pecado para los cátaros.

La imagen de la escala figura en casi todos los cultos. Contiene dos ideas: la de ascenso y la de iniciación. Por lo primero, el amor es una elevación, un cambio de estado: los amantes trascienden, por un momento al menos, su condición temporal y, literalmente, se transportan a otro mundo. Por lo segundo, conocen una realidad oculta. Se trata de un conocimiento no intelectual: el que contempla y conoce no es el ojo del intelecto, como en Platón, sino el del corazón. Hay que agregar otra nota, derivada no de la tradición religiosa ni de la filosófica sino de la realidad feudal: el «servicio» del amante. Como el vasallo, el amante sirve a su amada. El «servicio» tiene varias etapas: comienza con la contemplación del cuerpo y el rostro de la amada y sigue, conforme a un ritual, con el intercambio de signos, poemas, entrevistas. ¿Dónde y cuándo termina? Si se leen los textos, se comprueba que, durante el primer período de la poesía provenzal, no había equívoco posible: la consumación del amor era el goce carnal. Era una poesía caballeresca, escrita por señores y dirigida a damas de su clase social. En un segundo momento aparecen los poetas profesionales; muchos de ellos no pertenecían a la nobleza y vivían de sus poemas, unos errantes de castillo en castillo y otros bajo la protección de un gran señor o de una dama de alta alcurnia. La ficción poética del principio, que convertía al señor en vasallo de su dama, dejó de ser una convención y reflejó la realidad social: los poetas, casi siempre, eran de rango inferior al de las damas para las que componían sus canciones. Era natural que se acentuase la tonalidad ideal de la relación amorosa, aunque siempre asociada a la persona de la dama. La persona: su alma y su cuerpo.

No hay que olvidar que el ritual del «amor cortés» era una ficción poética, una regla de conducta y una idealización de la realidad social. Así, es imposible saber cómo y hasta qué punto sus preceptos se cumplían. También hay que tener en cuenta que durante la segunda época del «amor cortés», que fue su mediodía, la mayoría de los trovadores eran poetas de profesión y sus cantos expresaban no tanto una experiencia personal vivida como una doctrina ética y estética. Al componer sus canciones de amor, cumplían una función social. Pero es evidente, asimismo, que los sentimientos e ideas que aparecen en sus poemas correspondían de algún modo a lo que pensaban, sentían y vivían los señores, las damas y los clérigos de las cortes feudales. Con esta salvedad, enumero los tres grados del «servicio» amoroso: pretendiente, suplicante y aceptado.[10] La dama, al aceptar al amante lo besaba y con esto terminaba su servicio. Pero había un cuarto grado: el de amante carnal *(drutz)*. Muchos trovadores no aprobaban que se llegase al *fach* (al hecho: la copulación). Esta reserva se debía sin duda al cambio del rango de los trovadores que se habían convertido en poetas profesionales; sus poemas no reflejaban sus sentimientos y, además, era ya demasiado grande la distancia que los separaba de las damas. A veces no sólo era el rango sino la edad: ellos o ellas eran viejos. Finalmente, se pensaba que la posesión mataba al deseo y al amor. Sin embargo, Martín de Riquer señala que la crítica moderna «ha puesto en claro que el *fin'amors* puede aspirar a la unión física... Si tal aspiración no existiera, no tendría el menor sentido el género llamado *alba*, que supone ya consumada la unión entre los amantes».[11] De paso, esas canciones, frescas como el amanecer, iluminarían a la lírica europea, de los ruiseñores de Shakespeare a las alondras de Lope de Vega:

Pareja de ruiseñores

10. René Nelli, *obra citada*.
11. Martín de Riquer, *obra citada*.

que canta la noche entera,
y yo con mi bella amiga
bajo la enramada en flor,
hasta que grite el vigía
en lo alto de la torre:
¡arriba, amantes, ya es hora,
el alba baja del monte![12]

La idea de que el amor es una iniciación implica que es también una prueba. Antes de la consumación física había una etapa intermedia que se llamaba *assag* o *assai*: prueba de amor. Muchos poemas aluden a esta costumbre y entre ellos uno de la condesa de Dia y otro de una *trobairitz* menos conocida, Azalais de Porcairagues. Esta última expresamente se refiere al *assai*: «Bello amigo... Pronto llegaremos a la prueba *(tost en venrem a l'assai)* y me entregaré a vuestra merced.» El *assai* comprendía, a su vez, varios grados: asistir al levantarse o acostarse de la dama; contemplarla desnuda (el cuerpo de la mujer era un microcosmos y en sus formas se hacía visible la naturaleza entera con sus valles, colinas y florestas); en fin, penetrar en el lecho con ella y entregarse a diversas caricias, sin llegar a la final *(coitus interruptus).*[13]

Nuestro poema *Razón de amor*, que en sus primeros versos alude expresamente al «amor cortés», ofrece una encantadora descripción del *assai*. Un jardín deliciosamente artificial: el «lugar ameno». La fuente, los árboles floridos, los pájaros, las rosas, el lirio, la salvia, las violas, las yerbas de olor: una primavera balsámica. Aparece un

12. Poema anónimo. Mi versión es libre.
13. He comentado esta ceremonia en las páginas finales de *Apariencia desnuda (La obra de Marcel Duchamp).*

joven: es un «escolar», viene de Francia o de Italia, busca a alguien y se tiende junto a la fuente; como hace calor, deja al lado sus ropas y bebe el agua fría del manantial. Llega una doncella de rara hermosura y se describen con placer sus rasgos físicos y su vestido: el manto y el brial de seda, el sombrero, los guantes. La joven avanza cortando flores y mientras las corta canta una canción de amor. Él se levanta y sale a su encuentro: le pregunta si «sabe de amor», ella le contesta que sí pero que aún no conoce a su amigo. Al fin se reconocen por las prendas que se han enviado: ella es aquella que él espera y él es aquel que ella busca. Ambos son adeptos de la «cortesía». Se juntan, se abrazan, se tienden «so el olivar», ella se quita el manto y lo besa en los ojos y en la boca («tan gran sabor de mí había/sol fablar non me podía»). Así, acariciándose, pasan un gran rato («un grant pieza allí estando/de nuestro amor ementando»), hasta que ella tiene que despedirse y se va, con mucha pena y juramentos de amor. El mancebo se queda solo y dice: «Deque la ví fuera del huerto/por poco non fui muerto».

El texto que ha llegado hasta nosotros no parece completo; tal vez es un fragmento de un poema más largo. Hay ciertos elementos que hacen pensar que es una alegoría. Entre las ramas de un manzano el joven descubre dos vasos. Uno es de plata y contiene un vino claro y bermejo, dejado para su amigo por la dueña del huerto. ¿Es la misma que se solaza con el mancebo «so el olivar» o es otra, mencionada por la doncella y que también lo quiere? El segundo vaso es de agua fría. El joven confiesa que lo habría bebido de buen grado de no ser por el temor de que estuviese hechizado. No intentaré descifrar este misterioso poema; lo he citado sólo para mostrar, con un ejemplo de nuestra lengua, el rito del *assai*, la prueba de amor.

Entre el «amor cortés» y el catarismo hay, claro, puntos de contacto pero también los hay con el cristianismo y con la tradición platónica. Estas afinidades son naturales; lo asombroso y significativo es que el «amor cortés», desde el principio, se haya manifestado de manera independiente y con características que prohíben confundirlo con las creencias de los cátaros o con los dogmas de la Iglesia católica. Fue una herejía tanto del cristianismo como de las creencias cátaras y de la filosofía platónica del amor. Mejor dicho: fue una disidencia, una transgresión. Digo esto porque fue esencialmente secular, vivido y sentido por seglares. Lo he llamado *culto* porque tuvo ritos y fieles pero fue un culto frente o fuera de las Iglesias y las religiones. Éste es uno de los rasgos que separan al erotismo del amor. El erotismo puede ser religioso, como se ve en el tantrismo y en algunas sectas gnósticas cristianas; el amor siempre es humano. Así pues, la exaltación del amor no era ni podía ser compatible con el riguroso dualismo de los cátaros. Cierto, en el momento de la gran crisis del catarismo, que arrastró en su caída a la civilización provenzal, el país invadido por las tropas de Simón de Montfort y las conciencias violadas por los inquisidores, es comprensible que los poetas provenzales, como el resto de la población, hayan mostrado simpatías por la causa de los cátaros. No podía ser de otro modo: con el pretexto de extirpar una herejía, el rey francés, Luis VIII, en complicidad con el papa Inocencio III, que proclamó la Cruzada contra los albigenses, extendió su dominación en el mediodía y acabó con Occitania. En aquellos días terribles todos los occitanos —católicos y cátaros, nobles y burgueses, pueblo y poetas— fueron víctimas de la soldadesca de Simón de Montfort y de los crueles inquisidores dominicanos. Pero no es descabellado suponer que si, por un milagro, los cátaros hubiesen triunfado, ellos también habrían condenado al «amor cortés».

Las razones de la Iglesia de Roma para condenar al *fin' amors*, aunque distintas a las de los cátaros, no eran menos poderosas. Ante todo, la actitud frente al matrimonio. Para la Iglesia es uno de los siete sacramentos instituidos por Jesucristo. Atentar contra su integridad o poner en duda su santidad no era únicamente una falta grave: era una herejía. Para los adeptos del «amor cortés», el matrimonio era un yugo injusto que esclavizaba a la mujer, mientras que el amor fuera del matrimonio era sagrado y confería a los amantes una dignidad espiritual. Como la Iglesia, condenaban al adulterio por lascivia pero lo convertían en un sacramento si lo ungía el fluido misterioso del *fin'amors*. La Iglesia tampoco podía aprobar los ritos de la cortesía amorosa; si los primeros escalones, aunque pecaminosos, podían parecer inocuos, no se podía decir lo mismo de las distintas ceremonias extremadamente sensuales que componían el *assai*. La Iglesia condenaba a la unión carnal, aun dentro del matrimonio, si no tenía como fin declarado la procreación. El «amor cortés» no sólo era indiferente a esta finalidad sino que sus ritos exaltaban un placer físico ostensiblemente desviado de la reproducción.

La Iglesia elevó la castidad al rango de las virtudes más altas. Su premio era ultraterreno: la gracia divina y aun, para los mejores, la beatitud en el cielo. Los poetas provenzales se hacían lenguas sin cesar de una misteriosa exaltación, a un tiempo física y espiritual, que llamaban *joi* y que era una recompensa, la más alta, del amor.

Esta *joi* no era ni la simple alegría ni el gozo sino un estado de felicidad indefinible. Los términos en que algunos poetas describen la *joi* hacen pensar que se refieren al goce de la posesión carnal, aunque refinado por la espera y la *mezura*: el «amor cortés» no era un desorden sino una estética de los sentidos. Otros hablan del sentimiento de unión con la naturaleza a través de la contemplación de la amante desnuda, comparándolo con la sensación que nos embarga ante ciertos paisajes una mañana de primavera. Para otros más, era una elevación del alma semejante a los transportes de los místicos y a los éxtasis de los filósofos y poetas contemplativos. La felicidad es, por esencia, indecible; la *joi* de los provenzales era un género inusitado de felicidad y, así, doblemente indecible. Sólo la poesía podía aludir a ese sentimiento. Otra diferencia: la *joi* no era un premio *postmortem* como el otorgado a la abstinencia, sino una gracia natural concedida a los amantes que habían depurado sus deseos.

Todas estas diferencias se conjugaban en una mayor: la elevación de la mujer, que de súbdita pasaba a ser señora. El «amor cortés» otorgaba a las damas el señorío más preciado: el de su cuerpo y su alma. La elevación de la mujer fue una revolución no sólo en el orden ideal de las relaciones amorosas entre los sexos sino en el de la realidad social. Es claro que el «amor cortés» no confería a las mujeres derechos sociales o políticos; no era una reforma jurídica: era un cambio en la visión del mundo. Al trastocar el orden jerárquico tradicional, se tendía a equilibrar la inferioridad social de la mujer con su superioridad en el dominio del amor. En este sentido fue un paso hacia la igualdad de los sexos. Pero a los ojos de la Iglesia la ascensión de la dama se traducía en una verdadera deificación. Pecado mortal: amar a una criatura con el amor que debemos profesar al Creador. Idolatría, confusión sacrílega entre lo terrestre y lo divino, lo temporal y lo eterno. Comprendo que Rougemont haya visto en el amor una herejía; también comprendo que W. H. Auden dijese que el amor era «una enfermedad del cristianismo». Para los dos no había ni puede haber salud fuera de la Iglesia. Pero comprender una idea no es compartirla: pienso exactamente lo contrario.

En primer término, el amor aparece en otras civilizaciones: ¿el amor también es una herejía del budismo, el taoísmo, el visnuismo y el Islam? En cuanto al amor occidental: lo que los teólogos y sus seguidores modernos llaman la deificación de la mujer, fue en realidad un *reconocimiento*. Cada persona es única y por esto no es un abuso de lenguaje hablar de «la santidad de la persona». La expresión, por lo demás, es de origen cristiano. Sí, cada ser humano, sin excluir a los más viles, encarna un misterio que no es exagerado llamar santo o sagrado. Para los cristianos y los musulmanes el gran misterio es la *caída*: la de los hombres pero también la de los ángeles. La gran caída, el gran misterio, fue el del ángel más bello, el lugarteniente de las milicias celestiales: Luzbel. La caída de Luzbel prefigura y contiene a la de los hombres. Pero Luzbel, hasta donde sabemos, es irredimible: su condena es eterna. El hombre, en cambio, puede pagar su falta, cambiar la caída en vuelo. El amor es el reconocimiento, en la persona amada, de ese don de vuelo que distingue a todas las criaturas humanas. El misterio de la condición humana reside en su libertad: es caída y es vuelo. Y en esto también reside la inmensa seducción que ejerce sobre nosotros el amor. No nos ofrece una vía de salvación; tampoco es una idolatría. Comienza con la admiración ante una persona, lo sigue el entusiasmo y culmina con la pasión que nos lleva a la dicha o al desastre. El amor es una prueba que a todos, a los felices y a los desgraciados, nos enoblece.

El fin del «amor cortés» coincide con el fin de la civilización provenzal. Los últimos poetas se dispersaron; algunos se refugiaron en Cataluña y en España, otros en Sicilia y en el norte de Italia. Pero antes de morir la poesía provenzal fecundó al resto de Europa. Por su influencia las leyendas celtas del ciclo arturiano se transformaron y, gracias a su popularidad, la «cortesía» se convirtió en un ideal de vida. Chrétien de Troyes fue el primero en insertar en la materia épica tradicional la nueva sensibilidad. Su novela en verso sobre los amores ilícitos de Lanzarote con la reina Ginebra fue muy imitada. Entre todos esos relatos destaca el de Tristán e Isolda, arquetipo hasta nuestros días de lo que se ha llamado amor-pasión. En la historia de Tristán hay elementos bárbaros y mágicos que le dan una grandeza sombría pero que la apartan del ideal de la «cortesía». Para los provenzales, que en esto siguen a Ibn Hazm y a la erótica árabe, el amor es el fruto de una sociedad refinada; no es una pasión trágica, a pesar de los sufrimientos y penas de los enamorados, porque su fin último es la *joi*, esa felicidad que resulta de la unión entre el goce y la contemplación, el mundo natural y el espiritual. En los amores de Tristán con Isolda los elementos mágicos —el filtro que beben por error los amantes— contribuyen poderosamente a subrayar las potencias irracionales del erotismo. Víctimas de esos poderes, no les queda a los amantes otra salida que la de la muerte. La oposición entre esta visión negra de la pasión y la de la «cortesía», que la ve como un proceso purificador que nos lleva a la iluminación, constituye la esencia del misterio del amor. Doble fascinación ante la vida y la muerte, el amor es caída y vuelo, elección y sumisión.

La influencia de esa literatura, que mezclaba las leyendas bárbaras con la «cortesía», fue inmensa. Un célebre episodio de la *Divina Commedia* ilustra el poder que ejerció sobre los espíritus. Dante encuentra, en el segundo círculo del Infierno, el de los lujuriosos, a Paolo y Francesca. Interrogada por el poeta, Francesca le cuenta que un día, mientras ella y Paolo leían juntos un libro que narraba los amores de Lanzarote y Ginebra, descubrieron el mutuo amor que se tenían y que los llevó a la muerte. Al llegar al pasaje en que Lanzarote y Ginebra, unidos por su pasión, se besan por primera vez, detuvieron su lectura y se miraron turbados. Entonces

questi, che mai da me non fia diviso,
la bocca me baciò tutto tremante.[14]

Y Francesca comenta: *quel giorno più non vi leggemmo avante...*[15] Se ha discutido mucho si Dante se apiadó o no de la suerte de la desdichada pareja. Lo cierto es que, al oír su historia y verlos en el infierno, se desmayó.

En buena teología la suerte de los pecadores sólo puede inspirarnos disgusto o repugnancia. Lo contrario sería una blasfemia: dudar de la justicia divina. Pero Dante era también un pecador y sus pecados eran sobre todo pecados de amor, como Beatriz se lo recuerda más de una vez.

14. *éste de quien jamás seré apartada, / la boca me besó todo anhelante* (versión de Ángel Crespo).
15. *no leímos ya más, desde ese instante...* (ídem).

Tal vez por esto y por la simpatía que sentía hacia Francesca —era amigo de su familia— cambió un poco la historia: en la novela es Ginebra la que primero besa a Lanzarote. Dante se propuso unir al teólogo y al poeta pero no siempre lo consiguió. Como todos los poetas del *dolce stil novo*, conocía y admiraba a los provenzales. En el episodio de Paolo y Francesca alude dos veces a la doctrina del «amor cortés». La primera es un eco de su maestro, Guido Guinizelli, que veía al amor como una aristocracia del corazón: *Amor, ch'al cor gentil ratto s'apprende.* El amor es una cofradía espiritual y sólo aquellos de ánimo generoso pueden amar realmente. La segunda repite una máxima de Andrés el Capellán: «*Amor, ch'a nullo amato amar perdona.*» Amor manda y desobedecerlo, para el alma noble, es imposible. Francesca, al repetir esta máxima, ¿no se disculpa de su amoroso pecado? ¿Y esa disculpa no es también un nuevo pecado? ¿Qué habrá pensado realmente Dante de todo esto?

Dante cambió radicalmente al «amor cortés» al insertarlo en la teología escolástica. Así redujo la oposición entre el amor y el cristianismo. Al introducir una figura femenina de salvación, Beatriz, como intermediaria entre el cielo y la tierra, transformó el carácter de la relación entre el amante y la dama. Beatriz siguió ocupando la posición superior pero el vínculo entre ella y Dante cambió de naturaleza. Algunos se han preguntado: ¿era amor realmente? Pero si no lo era, ¿por qué ella intercedía por un pecador en particular? El amor es exclusivo; la caridad no lo es: preferir a una persona entre otras es un pecado contra la caridad. Así, Dante sigue preso del «amor cortés». Beatriz cumple, en la esfera del amor, una función análoga a la de la Virgen María en el dominio de las creencias generales. Ahora bien, Beatriz no es una intercesora universal: la mueve el amor a una persona. En su figura hay una ambigüedad: Beatriz es amor y es caridad. Añado otra ambigüedad, no menos grave: Beatriz es casada. De nuevo Dante sigue al «amor cortés» y en una de sus más osadas transgresiones de la moral cristiana. ¿Cómo justificar la solicitud con que Beatriz vela por la salud espiritual de Dante si no es por la intervención del amor?

También era casada Laura, la amada de Petrarca. (Por cierto, antepasada del Marqués de Sade.) No se trata, naturalmente, de una coincidencia: los dos poetas fueron fieles al arquetipo del «amor cortés». El hecho es particularmente significativo si se piensa que Dante y Petrarca no sólo fueron poetas de genio distinto sino que sus concepciones sobre el amor también eran distintas. Petrarca es un espíritu menos poderoso que Dante; su poesía no abraza la totalidad del destino humano, suspendido del hilo del tiempo entre dos eternidades. Pero su concepción del amor es más moderna: ni su amada es una mensajera del cielo ni entreabre los misterios sobrenaturales. Su amor es ideal, no celeste; Laura es una dama, no una santa. Los poemas de Petrarca no relatan visiones sobrenaturales: son análisis sutiles de la pasión. El poeta se complace en las antítesis —el fuego y el hielo, la luz y la tiniebla, el vuelo y la caída, el placer y el dolor— porque él mismo es el teatro del combate de pasiones opuestas.

Dante o la línea recta; Petrarca o el continuo zigzag. Sus contradicciones lo inmovilizan hasta que nuevas contradicciones lo ponen de nuevo en movimiento. Cada soneto es una arquitectura aérea que se disipa para renacer en otro soneto. El *Canzoniere*, a diferencia de la *Commedia*, no es el relato de una peregrinación y un ascenso;

Petrarca vive y describe un interminable debate con él mismo y en sí mismo. Vive hacia dentro y no habla sino con su yo interior. Es el primer poeta moderno; quiero decir, el primero que tiene conciencia de sus contradicciones y el primero que las convierte en substancia de su poesía. Casi toda la poesía europea del amor puede verse como una serie de glosas, variaciones y transgresiones del *Canzoniere*. Muchos poetas superan a Petrarca en esto o en aquello, aunque pocas veces en la totalidad. Pienso en Ronsard, Donne, Quevedo, Lope de Vega y, en suma, en los grandes líricos del Renacimiento y el Barroco. Al final de su vida, Petrarca sufrió una crisis espiritual y renunció al amor; lo juzgó un extravío que había puesto en peligro su salvación, según nos cuenta en sus confesiones *(Secretum)*. Su maestro fue San Agustín, otro gran apasionado y más sensual que él. Su retractación fue también un homenaje: un reconocimiento de los poderes del amor.

El legado provenzal fue doble: las formas poéticas y las ideas sobre el amor. A través de Dante, Petrarca y sus sucesores, hasta los poetas surrealistas del siglo XX, esta tradición ha llegado hasta nosotros. Vive no sólo en las formas más altas del arte y la literatura de Occidente sino en las canciones, las películas y los mitos populares. Al principio, la transmisión fue directa: Dante hablaba el lemosín y en el Purgatorio, cuando aparece Arnaut Daniel, lo hace hablar en verso y en lengua de *oc*. También Cavalcanti, que viajó por el mediodía de Francia, conocía el provenzal. Lo mismo sucedió con todos los poetas de esa generación. Aunque hoy sólo un grupo de personas habla la lengua de *oc*, la tradición que fundó la poesía provenzal no ha desaparecido. La historia del «amor cortés», sus cambios y metamorfosis, no sólo es la de nuestro arte

y de nuestra literatura: es la historia de nuestra sensibilidad y de los mitos que han encendido muchas imagina-
ciones desde el siglo XII hasta nuestros días. La historia de
la civilización de Occidente.

UN SISTEMA SOLAR

Si se hace un repaso de la literatura occidental durante los ocho siglos que nos separan del «amor cortés», se
comprueba inmediatamente que la inmensa mayoría de
esos poemas, piezas de teatro y novelas tienen por asunto
el amor. Una de las funciones de la literatura es la representación de las pasiones; la preponderancia del tema
amoroso en nuestras obras literarias muestra que el amor
ha sido una pasión central de los hombres y las mujeres de
Occidente. La otra ha sido el poder, de la ambición política a la sed de bienes materiales o de honores. En el curso
de estos ocho siglos, ¿ha cambiado el arquetipo que nos legaron los poetas provenzales? Contestar a esta pregunta
requiere más de un minuto de reflexión. Los cambios han
sido tantos que es casi imposible enumerarlos; no menos
difícil sería intentar un análisis de cada tipo o variante de
la pasión amorosa. De la dama de los provenzales a Ana
Karenina ha corrido mucha agua. Los cambios comenzaron con Dante y han continuado hasta nuestros días. Cada
poeta y cada novelista tiene una visión propia del amor;
algunos, incluso tienen varias y encarnadas en distintos
personajes. Tal vez el más rico en caracteres es Shakespea-

re: Julieta, Ofelia, Marco Antonio, Rosalinda, Otelo... Cada uno de ellos es el amor en persona y cada uno es diferente de los otros. Otro tanto puede decirse de Balzac y su galería de enamoradas y enamorados, de una aristócrata como la duquesa de Langeais a una plebeya salida de un burdel como Esther Gobsek. Los enamorados de Balzac vienen de todas las clases y de los cuatro puntos cardinales. Incluso se atrevió a romper una convención respetada desde la época del «amor cortés» y en su obra aparece por primera vez el amor homosexual: la pasión sublimada y casta del antiguo presidiario Vautrin por Lucien de Rubempré, «homme à femmes», y la de la Marquesa de San Real por Paquita Valdés, la «fille aux yeux d'or». Ante tal variedad, puede concluirse que la historia de las literaturas europeas y americanas es la historia de las metamorfosis del amor.

Apenas enunciada, siento la necesidad de rectificar y matizar mi conclusión: ninguno de estos cambios ha alterado, en su esencia, el arquetipo creado en el siglo XII. Hay ciertas notas o rasgos distintivos del «amor cortés» —no más de cinco, como se verá más adelante— que están presentes en todas las historias de amor de nuestra literatura y que, además, han sido la base de las distintas ideas e imágenes que hemos tenido sobre este sentimiento desde la Edad Media. Algunas ideas y convenciones han desaparecido, como la de ser casada la dama y pertenecer a la nobleza o la de ser de sexo distinto los enamorados. El resto permanece, ese conjunto de condiciones y cualidades antitéticas que distinguen al amor de las otras pasiones: atracción/elección, libertad/sumisión, fidelidad/traición, alma/cuerpo. Así, lo verdaderamente asombroso es la continuidad de nuestra idea del amor, no sus cambios y variaciones. Francesca es una víctima del amor y la marquesa de Merteuil es una victimaria, Fabricio del Dongo triunfa de las asechanzas que pierden a Romeo, pero la pasión que los exalta o los devora es la misma. Todos son héroes y heroínas del amor, ese sentimiento extraño que es simultáneamente una atracción fatal y una libre elección.

Uno de los rasgos que definen a la literatura moderna es la crítica; quiero decir, a diferencia de las del pasado, no sólo canta a los héroes y relata su ascenso o su caída, sino que los analiza. Don Quijote no es Aquiles y en su lecho de muerte se entrega a un amargo examen de conciencia; Rastignac no es el piadoso Eneas, al contrario: sabe que es despiadado, no se arrepiente de serlo y, cínico, se lo confiesa a sí mismo. Un intenso poema de Baudelaire se llama *L'examen de minuit*. El objeto de predilección de todos estos exámenes y análisis es la pasión amorosa. La poesía, la novela y el teatro modernos sobresalen por el número, la profundidad y la sutileza de sus estudios acerca del amor y su cortejo de obsesiones, emociones y sensaciones. Muchos de esos análisis —por ejemplo, el de Stendhal— han sido disecciones; lo sorprendente, sin embargo, ha sido que en cada caso esas operaciones de cirugía mental terminan en resurrecciones. En las páginas finales de *La educación sentimental*, quizá la obra más perfecta de Flaubert, el héroe y un amigo de juventud hacen un resumen de sus vidas: «uno había soñado con el amor, el otro con el poder, y ambos habían fracasado. ¿Por qué?». A esta pregunta, el protagonista principal, Frédéric Moreau, responde: «Tal vez la falla estuvo en la línea recta.» O sea: la pasión es inflexible y no sabe de acomodos. Respuesta reveladora, sobre todo si se repara en que el que habla así es un *alter ego* de Flaubert. Pero Frédéric-Flaubert no está decepcionado del amor; a pesar de su fracaso, le sigue pareciendo que fue lo mejor que le había pasado y lo único que justificaba la futilidad de su vida. Frédéric estaba decepcionado de sí mismo; mejor dicho: del mundo en que le había tocado vivir. Flaubert no desvaloriza al amor: describe sin ilusiones a la sociedad burguesa, ese tejido execrable de compromisos, debilidades, perfidias, pequeñas y grandes traiciones, sórdido egoísmo. No fue ingenioso sino veraz cuando dijo: *Madame Bovary, c'est moi.* Emma Bovary fue, como él mismo, no una víctima del amor sino de su sociedad y de su clase: ¿qué hubiera sido de ella si no hubiese vivido en la sórdida provincia francesa? Dante condena al mundo desde el cielo: la literatura moderna lo condena desde la conciencia personal ultrajada.

La continuidad de nuestra idea del amor todavía espera su historia; la variedad de formas en que se manifiesta, aguarda a una enciclopedia. Pero hay otro método más cerca de la geografía que de la historia y del catálogo: dibujar los límites entre el amor y las otras pasiones como aquel que esboza el contorno de una isla en un archipiélago. Esto es lo que me he propuesto en el curso de estas reflexiones. Dejo al historiador la inmensa tarea, más allá de mis fuerzas y de mi capacidad, de narrar la historia del amor y de sus metamorfosis; al sabio, una labor igualmente inmensa: la clasificación de las variantes físicas y psicológicas de esta pasión. Mi intención ha sido mucho más modesta.

Al comenzar, procuré deslindar los dominios de la sexualidad, del erotismo y del amor. Los tres son modos, manifestaciones de la vida. Los biólogos todavía discuten sobre lo que es o puede ser la vida. Para algunos es una palabra vacía de significado; lo que llamamos vida no es sino un fenómeno químico, el resultado de la unión de algunos ácidos. Confieso que nunca me han convencido estas simplificaciones. Incluso si la vida comenzó en nuestro planeta por la asociación de dos o más ácidos (¿y cuál fue el origen de esos ácidos y cómo aparecieron sobre la tierra?), es imposible reducir la evolución de la materia viva, de los infusorios a los mamíferos, a una mera reacción química. Lo cierto es que el tránsito de la sexualidad al amor se caracteriza no tanto por una creciente complejidad como por la intervención de un agente que lleva el nombre de una linda princesa griega: Psiquis. La sexualidad es animal; el erotismo es humano. Es un fenómeno que se manifiesta dentro de una sociedad y que consiste, esencialmente, en desviar o cambiar el impulso sexual reproductor y transformarlo en una representación. El amor, a su vez, también es ceremonia y representación pero es algo más: una purificación, como decían los provenzales, que transforma al sujeto y al objeto del encuentro erótico en personas únicas. El amor es la metáfora final de la sexualidad. Su piedra de fundación es la libertad: el misterio de la persona.

No hay amor sin erotismo como no hay erotismo sin sexualidad. Pero la cadena se rompe en sentido inverso: amor sin erotismo no es amor y erotismo sin sexo es impensable e imposible. Cierto, a veces es difícil distinguir entre amor y erotismo. Por ejemplo, en la pasión violentamente sensual que unía a Paolo y a Francesca. No obstante, el hecho de que sufriesen juntos su pena, sin poder ni sobre todo *querer* separarse, revela que los unía realmente el amor. Aunque su adulterio había sido particularmente grave —Paolo era hermano de Giovanni Malatesta, el esposo de Francesca— el amor había refinado su lujuria; la pasión, que los mantiene unidos en el infierno, si no los salva, los ennoblece.

Es más fácil distinguir entre el amor y los otros afectos menos empapados de sexualidad. Se dice que amamos a nuestra patria, a nuestra religión, a nuestro partido, a ciertos principios e ideas. Es claro que en ninguno de estos casos se trata de lo que llamamos amor; en todos ellos falta el elemento erótico, la atracción hacia un cuerpo. Se ama a una persona, no a una abstracción. También se emplea la palabra amor para designar el afecto que profesamos a la gente de nuestra sangre: padres, hijos, hermanos y otros parientes. En esta relación no aparece ninguno de los elementos de la pasión amorosa: el descubrimiento de la persona amada, generalmente una desconocida; la atracción física y espiritual; el obstáculo que se interpone entre los amantes; la búsqueda de la reciprocidad; en fin, el acto de elegir una persona entre todas las que nos rodean. Amamos a nuestros padres y a nuestros hijos porque así nos lo ordena la religión o la costumbre, la ley moral o la ley de la sangre. Se me dirá: ¿y el complejo de Edipo y de Electra, la atracción hacia nuestros padres, no es erótica? La pregunta merece respuesta por separado.

El famoso complejo, cualquiera que sea su verdadera pertinencia biológica y psicológica, está más cerca de la mera sexualidad que del erotismo. Los animales no conocen el tabú del incesto. Según Freud, todo el proceso inconsciente de la sexualidad, bajo la tiranía del súper-ego, consiste precisamente en desviar este primer apetito sexual, y transformado en inclinación erótica, dirigirlo hacia un objeto distinto y que substituye a la imagen del padre o de la madre. Si la tendencia edípica no se transforma, aparece la neurosis y, a veces, el incesto. Si el incesto se realiza sin el consentimiento de uno de los participantes, es claro que hay estupro, violación, engaño o lo que se quiera pero no amor. Es distinto si hay atracción mutua y libre aceptación de esa atracción; pero entonces el afecto familiar desaparece: ya no hay padres ni hijos sino amantes. Agrego que el incesto entre padres e hijos es infrecuente. La razón probablemente es la diferencia de edades: en el momento de la pubertad, el padre y la madre ya han envejecido y han dejado de ser deseables. Entre los animales no existe la prohibición del incesto pero en ellos el tránsito de la cría a la plena sexualidad es brevísimo. El incesto humano casi nunca es voluntario. Las dos hijas de Lot emborracharon a su padre dos noches seguidas para aprovecharse consecutivamente de su estado; en cuanto al incesto paterno: todos los días leemos en la prensa historias de padres que abusan sexualmente de sus hijos. Nada de esto tiene relación con lo que llamamos amor.

Para Freud las pasiones son juegos de reflejos; creemos amar a X, a su cuerpo y a su alma, pero en realidad amamos a la imagen de Y en X. Sexualismo fantasmal que convierte todo lo que toca en reflejo e imagen. En la literatura no aparece el incesto entre padres e hijos como una pasión libremente aceptada: Edipo *no sabe* que es hijo de Yocasta. La excepción son Sade y otros pocos autores de esa familia: su tema no es el amor sino el erotismo y sus perversiones. En cambio, al amor entre hermanos le debemos una obra espléndida de John Ford (*'Tis Pity She's a Whore*) y páginas memorables de Musil en su novela *El hombre sin atributos*. En estos ejemplos —hay otros— la ciega atracción, una vez reconocida, es aceptada y elegida. Es lo contrario justamente del afecto familiar, en el que el elemento voluntario, la elección, no aparece. Nadie escoge a sus padres, sus hijos y sus hermanos: todos escogemos a nuestras y nuestros amantes.

El amor filial, el fraternal, el paternal y el maternal no son amor: son *piedad,* en el sentido más antiguo y religioso de esta palabra. Piedad viene de *pietas.* Es el nombre de una virtud, nos dice el *Diccionario de Autoridades,* que «mueve e incita a reverenciar, acatar, servir y honrar a Dios, a nuestros padres y a la patria». La *pietas* es el sentimiento de devoción que se profesaba a los dioses en Roma. Piedad significa también misericordia y, para los cristianos, es un aspecto de la caridad. El francés y el inglés distinguen entre las dos acepciones y tienen dos vocablos para expresarlas: *piété* y *piety* para la primera y, para la segunda, *pitié* y *pity.* La piedad o amor a Dios brota, según los teólogos, del sentimiento de orfandad: la criatura, hija de Dios, se siente arrojada en el mundo y busca a su Creador. Es una experiencia literalmente fundamental pues se confunde con nuestro nacimiento. Se ha escrito mucho sobre esto; aquí me limito a recordar que consiste en el sentirse y saberse expulsados del todo prenatal y echados a un mundo ajeno: esta vida. En este sentido el amor a Dios, es decir, al Padre y al Creador, tiene un gran parecido con la piedad filial. Ya señalé que el afecto que sentimos por nuestros padres es involuntario. Como en el caso de los sentimientos filiales, y según la buena definición de nuestro *Diccionario de Autoridades,* amar al Creador no es amor: es piedad. Tampoco el amor a nuestros semejantes es amor: es caridad. Una linda condesa balzaquiana resumió todo esto, con admirable y concisa impertinencia, en una carta a un pretendiente: *Je puis faire, je vous l'avoue, une infinité de choses par charité, tout, excepté l'amour.*[1]

---

1. *Le lys dans la vallée.*

La experiencia mística va más allá de la piedad. Los poetas místicos han comparado sus penas y sus deliquios con los del amor. Lo han hecho con acentos de estremecedora sinceridad y con imágenes apasionadamente sensuales. Por su parte, los poetas eróticos también se sirven de términos religiosos para expresar sus transportes. Nuestra poesía mística está impregnada de erotismo y nuestra poesía amorosa de religiosidad. En esto nos apartamos de la tradición grecorromana y nos parecemos a los musulmanes y a los hindúes. Se ha intentado varias veces explicar esta enigmática afinidad entre mística y erotismo pero no se ha logrado, a mi juicio, elucidarla del todo. Añado, de paso, una observación que podría quizá ayudar un poco a esclarecer el fenómeno. El acto en que culmina la experiencia erótica, el orgasmo, es indecible. Es una sensación que pasa de la extrema tensión al más completo abandono y de la concentración fija al olvido de sí; reunión de los opuestos, durante un segundo: la afirmación del yo y su disolución, la subida y la caída, el allá y el aquí, el tiempo y el no-tiempo. La experiencia mística es igualmente indecible: instantánea fusión de los opuestos, la tensión y la distensión, la afirmación y la negación, el estar fuera de sí y el reunirse con uno mismo en el seno de una naturaleza reconciliada.

Es natural que los poetas místicos y los eróticos usen un lenguaje parecido: no hay muchas maneras de decir lo indecible. No obstante, la diferencia salta a la vista: en el amor el objeto es una criatura mortal y en la mística un ser intemporal que, momentáneamente, encarna en esta o aquella forma. Romeo llora ante el cadáver de Julieta; el místico ve en las heridas de Cristo las señas de la resurrección. Reverso y anverso: el enamorado ve y toca una presencia; el místico contempla una aparición. En la visión mística el hombre dialoga con su Creador, o, si es budista, con la Vacuidad; en uno y en otro caso, el diálogo se entabla —si es que es posible hablar de diálogo— entre el tiempo discontinuo del hombre y el tiempo sin fisuras de la eternidad, un presente que nunca cambia, crece o decrece, siempre idéntico a sí mismo. El amor humano es la unión de dos seres sujetos al tiempo y a sus accidentes: el cambio, las pasiones, la enfermedad, la muerte. Aunque no nos salva del tiempo, lo entreabre para que, en un relámpago, aparezca su naturaleza contradictoria, esa vivacidad que sin cesar se anula y renace y que, siempre y al mismo tiempo, es ahora y es nunca. Por esto, todo amor, incluso el más feliz, es trágico.

Se ha comparado muchas veces a la amistad con el amor, en ocasiones como pasiones complementarias y en otras, las más, como opuestas. Si se omite el elemento carnal, físico, los parecidos entre amor y amistad son obvios. Ambos son afectos elegidos libremente, no impuestos por la ley o la costumbre, y ambos son relaciones interpersonales. Somos amigos de una persona, no de una multitud; a nadie se le puede llamar, sin irrisión, «amigo del género humano». La elección y la exclusividad son condiciones que la amistad comparte con el amor. En cambio, podemos estar enamorados de una persona que no nos ame pero la amistad sin reciprocidad es imposible. Otra diferencia: la amistad no nace de la vista, como el amor, sino de un sentimiento más complejo: la afinidad en las ideas, los sentimientos o las inclinaciones. En el comienzo del amor hay sorpresa, el descubrimiento de *otra persona* a la que nada nos une excepto una indefinible atracción física y espiritual; esa persona, incluso, puede ser extranjera y venir de otro mundo. La amistad nace de la comunidad y de la coincidencia en las ideas, en los sentimientos o en los intereses. La simpatía es el resultado de esta afinidad; el trato refina y transforma a la simpatía en amistad. El amor nace de un flechazo; la amistad del intercambio frecuente y prolongado. El amor es instantáneo; la amistad requiere tiempo.

Para los antiguos la amistad era superior al amor. Según Aristóteles la amistad es «una virtud o va acompañada de virtud; además, es la cosa más necesaria de la vida».[2] Plutarco, Cicerón y otros lo siguieron en su elogio de la amistad. En otras civilizaciones no fue menor su prestigio. Entre los grandes legados de China al mundo está su poesía y en ella el tema de la amistad es preponderante, al lado del sentimiento de la naturaleza y el de la soledad del sabio. Encuentros, despedidas y evocaciones del amigo lejano son frecuentes en la poesía china, como en este poema de Wang Wei al despedirse de un amigo en las fronteras del imperio:

ADIÓS A YÜAN, ENVIADO A ANS-HSI

En Wei. Lluvia ligera moja el polvo ligero.
En el mesón los sauces verdes aún más verdes.
—Oye, amigo, bebamos otra copa,
Pasado el Paso Yang no hay «oye, amigo».[3]

Aristóteles dice que hay tres clases de amistad: por interés o utilidad, por placer y la «amistad perfecta, la de los

2. *Ética nicomaquea, VIII.* Traducción de Antonio Gómez Robledo, México, 1983.
3. El Paso de Yang, más allá de la ciudad de Wei, era el último puesto militar, en la frontera con los bárbaros (Hsieng-nu).

hombres de bien y semejantes en virtud, porque éstos se desean igualmente el bien». Desear el bien para el otro es desearlo para uno mismo si el amigo es hombre de bien. Los dos primeros tipos de amistad son accidentales y están destinados a durar poco; el tercero es perdurable y es uno de los bienes más altos a que puede aspirar el hombre. Digo hombre en el sentido literal y restringido de la palabra: Aristóteles no se refiere a las mujeres. Su clasificación es de orden moral y quizá no corresponde del todo a la realidad: ¿un hombre malo no puede ser amigo de un hombre bueno? Pílades, modelo de amistad, no vacila en ser cómplice de su amigo Orestes en el asesinato de su madre Clitemnestra y de Egisto, su amante.

Al preguntarse la razón de la amistad que lo unía al poeta Étienne de La Boétie, se responde Montaigne: «porque él era él y porque yo era yo». Y agrega que en todo esto «había una fuerza inexplicable y fatal, mediadora de esta unión». Un enamorado no habría respondido de otra manera. Sin embargo, es imposible confundir al amor con la amistad y en el mismo ensayo Montaigne se encarga de distinguirlos: «aunque el amor nace también de la elección, ocupa un lugar distinto al de la amistad... Su fuego, lo confieso, es más activo, punzante y ávido; pero es un fuego temerario y voluble... un fuego febril», mientras que «la amistad es un calor parejo y universal, templado y a la medida... un calor constante y tranquilo, todo dulzura y pulimento, sin asperezas...». La amistad es una virtud eminentemente social y más duradera que el amor. Para los jóvenes, dice Aristóteles, es muy fácil tener amigos pero con la misma facilidad se deshacen de ellos: la amistad es una afección más propia de la madurez. No estoy muy seguro de esto pero sí creo que la amistad está menos sujeta que el amor a los cambios inesperados. El amor se presenta, casi siempre, como una ruptura o violación del orden social; es un desafío a las costumbres y a las instituciones de la comunidad. Es una pasión que, al unir a los amantes, los separa de la sociedad. Una república de enamorados sería ingobernable; el ideal político de una sociedad civilizada —nunca realizado— sería una república de amigos.

¿Es irreductible la oposición entre el amor y la amistad? ¿No podemos ser amigos de nuestras amantes? La opinión de Montaigne —y en esto sigue a los antiguos— es más bien negativa. El matrimonio le parece impropio para la amistad: aparte de ser una unión obligatoria y para toda la vida —aunque haya sido escogida libremente— el matrimonio es el teatro de tantos y tan diversos intereses y pasiones que la amistad no tiene cabida en él. Disiento. Por una parte, el matrimonio moderno no es ya indisoluble ni tiene mucho que ver con el matrimonio que conoció Montaigne; por otra, la amistad entre los esposos —un hecho que comprobamos todos los días— es uno de los rasgos que redimen al vínculo matrimonial. La opinión negativa de Montaigne se extiende, por lo demás, al amor mismo. Acepta que sería muy deseable que las almas y los cuerpos mismos de los amantes gozasen de la unión amistosa; pero el alma de la mujer no le parece «bastante fuerte para soportar los lazos de un nudo tan apretado y duradero». Así, coincide con los antiguos: el sexo femenino es incapaz de amistad. Aunque esta opinión puede escandalizarnos, para refutarla debemos someterla a un ligero examen.

Es verdad que no hay en la historia ni en la literatura muchos ejemplos de amistad entre mujeres. No es demasiado extraño: durante siglos y siglos —probablemente desde el neolítico, según algunos antropólogos— las mujeres han vivido en la sombra. ¿Qué sabemos de lo que realmente sentían y pensaban las esposas de Atenas, las muchachas de Jerusalén, las campesinas del siglo XII o las burguesas del XV? En cuanto conocemos un poco mejor un período histórico, aparecen casos de mujeres notables que fueron amigas de filósofos, poetas y artistas: Santa Paula, Vittoria Colonna, Madame de Sévigné, George Sand, Virginia Woolf, Hannah Arendt y tantas otras. ¿Excepciones? Sí, pero la amistad es, como el amor, siempre excepcional. Dicho esto, hay que aceptar que en todos los casos que he citado se trata de amistades entre hombres y mujeres. Hasta ahora la amistad entre las mujeres es mucho más rara que la amistad entre los hombres. En las relaciones femeninas son frecuentes el picoteo, las envidias, los chismes, los celos y las pequeñas perfidias. Todo esto se debe, casi seguramente, no a una incapacidad innata de las mujeres sino a su situación social. Tal vez su progresiva liberación cambie todo esto. Así sea. La amistad requiere la estimación, de modo que está asociada a la revalorización de la mujer... Y vuelvo a la opinión de Montaigne: me parece que no se equivocó enteramente al juzgar incompatibles el amor y la amistad. Son afectos, o como él dice, fuegos distintos. Pero se equivocó al decir que la mujer está negada para la amistad. Tampoco la oposición entre amor y amistad es absoluta: no sólo hay muchos rasgos que ambos comparten sino que el amor puede transformarse en amistad. Es, diría, uno de sus desenlaces, como lo vemos en algunos matrimonios. Por último: el amor y la amistad son pasiones raras, muy raras. No debemos confundirlas ni con los amoríos ni con lo que en el mundo llaman corrientemente «amistades» o relaciones. Dije más arriba que el amor es trágico; añado que la amistad es una respuesta a la tragedia.

Una vez trazados los límites, a veces fluctuantes y otras imprecisos, entre el amor y los otros afectos, se puede dar otro paso y determinar sus elementos constitutivos. Me atrevo a llamarlos constitutivos porque son los mismos desde el principio: han sobrevivido a ocho siglos de historia. Al mismo tiempo, las relaciones entre ellos cambian sin cesar y producen nuevas combinaciones, a la manera de las partículas de la física moderna. A este continuo intercambio de influencias se debe la variedad de las formas de la pasión amorosa. Son, diría, un haz de relaciones, como el imaginado por Roman Jakobson en el nivel más básico del lenguaje, el fonológico, entre sonido y sentido, cuyas combinaciones y permutaciones producen los significados. No es extraño, por esto, que muchos hayan sentido la tentación de diseñar una combinatoria de las pasiones eróticas. Es una empresa que nadie ha podido llevar a cabo con éxito. Pienso, por mi parte, que es imposible: no debe olvidarse nunca que el amor es, como decía Dante, un accidente de una persona humana y que esa persona es imprevisible. Es más útil aislar y determinar el conjunto de elementos o rasgos distintivos de ese afecto que llamamos amor. Subrayo que no se trata ni de una definición ni de un catálogo sino de un reconocimiento, en el primer sentido de esta palabra: examen cuidadoso de una persona o de un objeto para conocer su naturaleza e identidad. Me serviré de algunos de los atisbos que han aparecido en el transcurso de estas reflexiones pero unidos a otras observaciones y conjeturas: recapitulación, crítica e hipótesis.

Al intentar poner un poco de orden en mis ideas, encontré que, aunque ciertas modalidades han desaparecido y otras han cambiado, algunas han resistido a la erosión de los siglos y las mutaciones históricas. Pueden reducirse a cinco y componen lo que me he atrevido a llamar los elementos constitutivos de nuestra imagen del amor. La primera nota característica del amor es la exclusividad. En estas páginas me he referido a ella varias veces y he procurado demostrar que es la línea que traza la frontera entre el amor y el territorio más vasto del erotismo. Este último es social y aparece en todos los lugares y en todas las épocas. No hay sociedad sin ritos y prácticas eróticas, desde los más inocuos a los más sangrientos. El erotismo es la dimensión humana de la sexualidad, aquello que la imaginación añade a la naturaleza. Un ejemplo: la copulación frente a frente, en la que los dos participantes se miran a los ojos, es una invención humana y no es practicada por ninguno de los otros mamíferos. El amor es individual o, más exactamente, interpersonal: queremos únicamente a una persona y le pedimos a esa persona que nos quiera con el mismo afecto exclusivo. La exclusividad requiere la reciprocidad, el acuerdo del otro, su voluntad. Así pues, el amor único colinda con otro de los elementos constitutivos: la libertad. Nueva prueba de lo que señalé más arriba: ninguno de los elementos primordiales tiene vida autónoma; cada uno está en relación con los otros, cada uno los determina y es determinado por ellos.

Dentro de esa movilidad, cada elemento es invariable. En el caso del amor único es una condición absoluta: sin ella no hay amor. Pero no solamente con ella: es necesario que concurran, en mayor o menor grado, los otros elementos. El deseo de exclusividad puede ser mero afán de posesión. Ésta fue la pasión analizada con tanta sutileza por Marcel Proust. El verdadero amor consiste precisamente en la transformación del apetito de posesión en entrega. Por esto pide reciprocidad y así trastorna radicalmente la vieja relación entre dominio y servidumbre. El amor único es el fundamento de los otros componentes: todos reposan en él; asimismo, es el eje y todos giran en torno suyo. La exigencia de exclusividad es un gran misterio: ¿por qué amamos a esta persona y no a otra? Nadie ha podido esclarecer este enigma, salvo con otros enigmas, como el mito de los andróginos de *El Banquete*. El amor único es una de las facetas de otro gran misterio: la persona humana.

Entre el amor único y la promiscuidad hay una serie de gradaciones y matices. Sin embargo, la exclusividad es la exigencia ideal y sin ella no hay amor. ¿Pero la infidelidad no es el pan de cada día de las parejas? Sí lo es y esto prueba que Ibn Hazm, Guinezelli, Shakespeare y el mismo Stendhal no se equivocaron: el amor es una pasión que todos o casi todos veneran pero que pocos, muy pocos, viven realmente. Admito, claro, que en esto como en todo hay grados y matices. La infidelidad puede ser consentida o no, frecuente u ocasional. La primera, la consentida, si es practicada solamente por una de las partes, ocasiona a la otra graves sufrimientos y penosas humillaciones: su amor no tiene reciprocidad. El infiel es insensible o cruel y en ambos casos incapaz de amar realmente. Si la infidelidad es por mutuo acuerdo y practicada por las dos partes —costumbre más y más frecuente— hay una baja de tensión pasional; la pareja no se siente con fuerza para cumplir con lo que la pasión pide y decide relativizar su relación. ¿Es amor? Más bien es complicidad erótica. Muchos dicen que en estos casos la pasión se transforma en amistad amorosa. Montaigne habría protestado inmediatamente: la amistad es un afecto tan exclusivo o más que el amor. El permiso para cometer infidelidades es un arreglo o, más bien, una resignación. El amor es riguroso y, como el libertinaje, aunque en dirección opuesta, es un ascetismo. Sade vio con clarividencia que el libertino aspira a la insensibilidad y de ahí que vea al otro como un objeto; el enamorado busca la fusión y de ahí que transforme al objeto en sujeto. En cuanto a la infidelidad ocasional: también es una falta, una debilidad. Puede y debe perdonarse porque somos seres imperfectos y todo lo que hacemos está marcado por el estigma de nuestra imperfección original. ¿Y si amamos a dos personas al mismo tiempo? Se trata siempre de un conflicto pasajero; con frecuencia se presenta en el momento de tránsito de un amor a otro. La elección, que es la prueba del amor, resuelve invariablemente, a veces con crueldad, el conflicto. Me parece que todos estos ejemplos bastan para mostrar que el amor único, aunque pocas veces se realice íntegramente, es la condición del amor.

El segundo elemento es de naturaleza polémica: el obstáculo y la transgresión. No en balde se ha comparado al amor con la guerra: entre los amores famosos de la mitología griega, rica en escándalos eróticos, están los amores de Venus y Marte. El diálogo entre el obstáculo y el deseo se presenta en todos los amores y asume siempre la forma de un combate. Desde la dama de los trovadores, encarnación de la lejanía —geográfica, social o espiritual— el amor ha sido continua y simultáneamente interdicción e infracción, impedimento y contravención. Todas las parejas, lo mismo las de los poemas y novelas que las del teatro y del cine, se enfrentan a esta o aquella prohibición y todas, con suerte desigual, a menudo trágica, la violan. En el pasado el obstáculo fue sobre todo de orden social. El amor nació, en Occidente, en las cortes feudales, en una sociedad acentuadamente jerárquica. La potencia subversiva de la pasión amorosa se revela en el «amor cortés», que es una doble violación del código feudal: la dama debe ser casada y su enamorado, el trovador, de un rango inferior. A finales del siglo XVII español, lo mismo en España que en las capitales de los virreinatos de México y Perú, aparece una curiosa costumbre erótica que es la simétrica contrapartida del «amor cortés», llamada los «galanteos de palacio». Al establecerse la corte en Madrid, las familias de la nobleza enviaban a sus hijas como damas de la reina. Las jóvenes vivían en el palacio real y participaban en los festejos y ceremonias palaciegas. Así, se anudaban relaciones eróticas entre estas damas jóvenes y los cortesanos. Sólo que estos últimos en general eran casados, de modo que los amoríos eran ilegítimos y temporales. Para las damas jóvenes, los «galanteos de palacio» fueron una suerte de escuela de iniciación amorosa, no muy alejada de la «cortesía» del amor medieval.[4]

Con el paso del tiempo las prohibiciones derivadas del rango y de las rivalidades de clanes se han atenuado, aunque sin desaparecer completamente. Es impensable, por ejemplo, que la enemistad entre dos familias, como la de los Capuleto y los Montesco, impida en una ciudad moderna los amores de dos jóvenes. Pero hay ahora otras prohibiciones no menos rígidas y crueles; además, muchas de las antiguas se han fortalecido. La interdicción fundada en la raza sigue vigente, no en la legislación sino en las costumbres y en la mentalidad popular. El moro Otelo encontraría que, en materia de relaciones sexuales

---

4. Véase *Sor Juana Inés de la Cruz o Las trampas de la fe* (páginas 133 a 138 de la edición de Seix Barral).

entre gente de diferente raza, las opiniones mayoritarias en Nueva York, Londres o París no son menos sino más intolerantes que las de Venecia en el siglo XVI. Al lado de la barrera de la sangre, el obstáculo social y el económico. Aunque hoy la distancia entre ricos y pobres, burgueses y proletarios no mantiene la forma rígida y tajante que dividía al caballero del siervo o al cortesano del plebeyo, los obstáculos fundados en la clase social y en el dinero determinan aún las relaciones sexuales. Distancia entre la realidad y la legislación: esas diferencias no figuran en los códigos sino en las costumbres. La vida de todos los días, para no hablar de las novelas ni de las películas, abunda en historias de amor cuyo nudo es una interdicción social por motivos de clase o de raza.

Otra prohibición que todavía no ha desaparecido del todo es la relativa a las pasiones homosexuales, sean masculinas o femeninas. Esta clase de relación fue condenada por las Iglesias y durante mucho tiempo se la llamó el «pecado nefando». Hoy nuestras sociedades —hablo de las grandes ciudades— son bastante más tolerantes que hace algunos años; sin embargo, el anatema aún persiste en muchos medios. No hay que olvidar que hace apenas un siglo causó la desgracia de Oscar Wilde. Nuestra literatura generalmente ha esquivado este tema: era demasiado peligroso. O lo ha disfrazado: todos sabemos, por ejemplo, que Albertina, Gilberta y las otras «jeunes filles en fleur» eran en realidad muchachos. Gide tuvo mucha entereza al publicar *Corydon*; la novela de E. M. Foster, *Maurice*, por voluntad del autor apareció después de su muerte. Algunos poetas modernos fueron más atrevidos y entre ellos destaca un español: Luis Cernuda. Hay que pensar en los años, el mundo y la lengua en que publicó Cernuda sus poemas para apreciar su denuedo.

En el pasado las prohibiciones más rigurosas y temidas eran las de las Iglesias. Todavía lo siguen siendo, aunque en las sociedades modernas, predominantemente seculares, son menos escuchadas. Las Iglesias han perdido gran parte de su poder temporal. La ganancia ha sido relativa: el siglo XX ha perfeccionado los odios religiosos al convertirlos en pasiones ideológicas. Los Estados totalitarios no sólo substituyeron a las inquisiciones eclesiásticas sino que sus tribunales fueron más despiadados y obtusos. Una de las conquistas de la modernidad democrática ha sido substraer del control del Estado a la vida privada, vista como un dominio sagrado de las personas; los totalitarios dieron un paso atrás y se atrevieron a legislar sobre el amor. Los nazis prohibieron a los germanos las relaciones sexuales con gente que no fuese aria. Además, concibieron proyectos eugenésicos destinados a perfeccionar y purificar a la «raza alemana», como si se tratase de caballos o de perros. Por fortuna no tuvieron tiempo para llevarlos a cabo. Los comunistas no fueron menos intolerantes; su obsesión no fue la pureza racial sino la ideológica. Todavía vive en la memoria pública el recuerdo de las humillaciones y bajezas que debían soportar los ciudadanos de esas naciones para casarse con personas del «mundo libre». Una de las grandes novelas de amor de nuestra época —*El doctor Zhivago*, la novela de Borís Pasternak— relata la historia de dos amantes separados por los odios de las facciones ideológicas durante la guerra civil que sucedió a la toma del poder por los *bolcheviques*. La política es la gran enemiga del amor. Pero los amantes siempre encuentran un instante para escapar de las tenazas de la ideología. Ese instante es diminuto e inmenso, dura lo que dura un parpadeo y es largo como un siglo. Los poetas provenzales y los románticos del siglo XIX, si hubiesen podido leerlas, habrían aprobado con una sonrisa las páginas en que Pasternak describe el delirio de los amantes, perdidos en una cabaña de la estepa, mientras los hombres se degüellan por abstracciones. El poeta ruso compara esas caricias y esas frases entrecortadas con los diálogos sobre el amor de los antiguos filósofos. No exageró: para los amantes el cuerpo piensa y el alma se toca, es palpable.

El obstáculo y la transgresión están íntimamente asociados a otro elemento también doble: el dominio y la sumisión. En su origen, como ya dije, el arquetipo de la relación amorosa fue la relación señorial: los vínculos que unían al vasallo con el señor fueron el modelo del amor cortés. Sin embargo, la transposición de las relaciones reales de dominación a la esfera del amor —zona privilegiada de lo imaginario— fue algo más que una traducción o una reproducción. El vasallo estaba ligado al señor por una obligación que comenzaba con el nacimiento mismo y cuya manifestación simbólica era el homenaje de pleitesía. La relación de soberanía y dependencia era recíproca y natural; quiero decir, no era el objeto de un convenio explícito y en el que interviniese la voluntad, sino la consecuencia de una doble fatalidad: la del nacimiento y la de la ley del suelo donde se nacía. En cambio, la relación amorosa se funda en una ficción: el código de cortesía. Al copiar la relación entre el señor y el vasallo, el enamorado transforma la fatalidad de la sangre y el suelo en libre elección: el enamorado escoge, voluntariamente, a su señora y, al escogerla, elige también su servidumbre. El código del amor cortés contiene, además, otra transgresión de la moral señorial: la dama de alta alcurnia olvida, voluntariamente, su rango y cede su soberanía.

El amor ha sido y es la gran subversión de Occidente. Como en el erotismo, el agente de la transformación es la imaginación. Sólo que, en el caso del amor, el cambio se despliega en relación contraria: no niega al otro ni lo reduce a sombra sino que es negación de la propia soberanía. Esta autonegación tiene una contrapartida: la aceptación del otro. Al revés de lo que ocurre en el dominio del libertinaje, las imágenes encarnan: el otro, la otra, no es una sombra sino una realidad carnal y espiritual. Puedo tocarla pero también *hablar* con ella. Y puedo oírla —y más: *beberme* sus palabras. Otra vez la transubstanciación: el cuerpo se vuelve voz, sentido; el alma es corporal. Todo amor es eucaristía.

El afán constante de todos los enamorados y el tema de nuestros grandes poetas y novelistas ha sido siempre el mismo: la búsqueda del reconocimiento de la persona querida. Reconocimiento en el sentido de confesar, como dice el diccionario, la dependencia, subordinación o vasallaje en que se está respecto de otro. La paradoja reside en que ese reconocimiento es voluntario: es un acto libre. Reconocimiento, asimismo, en el sentido de confesar que estamos ante un misterio palpable y carnal: una persona. El reconocimiento aspira a la reciprocidad pero es independiente de ella. Es una apuesta que nadie está seguro de ganar porque es una apuesta que depende de la libertad del otro. El origen de la relación de vasallaje es la obligación natural y recíproca del señor y del feudatario; el del amor es la búsqueda de una reciprocidad libremente otorgada. La paradoja del amor único reside en el misterio de la persona que, sin saber nunca exactamente la razón, se siente invenciblemente atraída por otra persona, con exclusión de las demás. La paradoja de la servidumbre reposa sobre otro misterio: la transformación del objeto erótico en persona lo convierte inmediatamente en sujeto dueño de albedrío. El objeto que deseo se vuelve sujeto que me desea o que me rechaza. La cesión de la soberanía personal y la aceptación voluntaria de la servidumbre entrañan un verdadero cambio de naturaleza: por el puente del mutuo deseo el objeto se transforma en sujeto deseante y el sujeto en objeto deseado. Se representa al amor en forma de un nudo; hay que añadir que ese nudo está hecho de dos libertades enlazadas.

Dominación y servidumbre, así como obstáculo y transgresión, más que elementos por sí solos, son variantes de una contradicción más vasta que los engloba: fatalidad y libertad. El amor es atracción involuntaria hacia una persona y voluntaria aceptación de esa atracción. Se ha discutido mucho acerca de la naturaleza del impulso que nos lleva a enamorarnos de esta o aquella persona. Para Platón la atracción era un compuesto de dos deseos, confundidos en uno solo: el deseo de hermosura y el de inmortalidad. Deseamos a un cuerpo hermoso y deseamos engendrar en ese cuerpo hijos hermosos. Este deseo, como se ha visto, paulatinamente se transforma hasta culminar, ya depurado, en la contemplación de las esencias y las ideas. Pero ni el amor ni el erotismo, según creo haberlo mostrado en este libro, están necesariamente asociados al deseo de reproducción; al contrario, con frecuencia consisten en un poner entre paréntesis el instinto sexual de procreación. En cuanto a la hermosura: para Platón era una y eterna, para nosotros es plural y cambiante. Hay tantas ideas de la belleza corporal como pueblos, civilizaciones y épocas. La belleza de hoy no es la misma que aquella que encendió la imaginación de nuestros abuelos; el exotismo, poco apreciado por los contemporáneos de Platón, es hoy un incentivo erótico. En un poema de Rubén Darío que, hace cien años ahora, escandalizó y encandiló a sus lectores, el poeta recorre todos los encuentros eróticos posibles con españolas y alemanas, chinas y francesas, etíopes e italianas. El amor, dice, es una pasión cosmopolita.

La hermosura, además de ser una noción subjetiva, no juega sino un papel menor en la atracción amorosa, que es más profunda y que todavía no ha sido enteramente explicada. Es un misterio en el que interviene una química secreta y que va de la temperatura de la piel al brillo de la mirada, de la dureza de unos senos al sabor de unos labios. *Sobre gustos no hay nada escrito*, dice el refrán; lo mismo debe decirse del amor. No hay reglas. La atracción es un compuesto de naturaleza sutil y, en cada caso, distinta. Está hecha de humores animales y de arquetipos espirituales, de experiencias infantiles y de los fantasmas que pueblan nuestros sueños. El amor no es deseo de hermosura: es ansia de «completud». La creencia en los brebajes y hechizos mágicos ha sido, tradicionalmente, una manera de explicar el carácter, misterioso e involuntario, de la atracción amorosa. Todos los pueblos cuentan con leyendas que tienen como tema esta creencia. En Occidente, el ejemplo más conocido es la historia de Tristán e Isolda, un arquetipo que sería repetido sin cansancio por el arte y la poesía. Los poderes de persuasión de la Celestina, en el teatro español, no están únicamente en su lengua elocuente y en sus pérfidas zalamerías sino en sus filtros y brebajes. Aunque la idea de que el amor es un lazo mágico que literalmente cautiva la voluntad y el albedrío de los enamorados es muy antigua, es una idea todavía viva: el amor es un hechizo y la atracción que une a los amantes es un encantamiento. Lo extraordinario es que esta creencia coexiste con la opuesta: el amor nace de una decisión libre, es la aceptación voluntaria de una fatalidad.

El Renacimiento y la Edad Barroca, sin renunciar al filtro mágico de Tristán e Isolda, concibieron una teoría de las pasiones y las simpatías. El símbolo predilecto de los poetas de esta época fue el imán, dueño de un misterioso e irresistible poder de atracción. En esta concepción fueron determinantes dos legados de la Antigüedad grecorromana: la teoría de los cuatro humores y la astrología. Las afinidades y repulsiones entre los temperamentos sanguíneos, nervioso, flemático y melancólico ofrecieron una base para explicar la atracción erótica. Esta teoría venía de la tradición médica de Galeno y de la filosófica de Aristóteles, al que se atribuía un tratado sobre el temperamenteo melancólico. La creencia en la influencia de los astros tiene su origen en Babilonia, pero la versión que recoge el Renacimiento es de estirpe platónica y estoica. Según el *Timeo*, en el viaje celeste de las almas al descender a la tierra para encarnar en un cuerpo, reciben las influencias fastas y nefastas de Venus, Marte, Mercurio, Saturno y los otros planetas. Esas influencias determinan sus predisposiciones e inclinaciones. Por su parte, los estoicos concebían al cosmos como un sistema regido por las afinidades y simpatías de la energía universal *(pneuma)*, que se reproducían en cada alma individual. En una y otra doctrina el alma individual era parte del alma universal y estaba movida por las fuerzas de amistad y repulsión que animan al cosmos.

Los románticos y los modernos han reemplazado el neoplatonismo renacentista por explicaciones psicológicas y fisiológicas, tales como la cristalización, la sublimación y otras parecidas. Todas ellas, por más diversas que sean, conciben al amor como atracción fatal. Sólo que esa fatalidad, sean sus víctimas Calixto y Melibea o Hans Castorp y Claudia, ha sido en todos los casos libremente asumida. Agrego: y ardientemente invocada y deseada. La fatalidad se manifiesta sólo con y a través de la complicidad de nuestra libertad. El nudo entre libertad y destino —el gran misterio de la tragedia griega y de los autos sacramentales hispánicos— es el eje en torno al cual giran todos los enamorados de la historia. Al enamorarnos, escogemos nuestra fatalidad. Trátese del amor a Dios o del amor a Isolda, el amor es un misterio en el que libertad y predestinación se enlazan. Pero la paradoja de la libertad se despliega también en el subsuelo psíquico: las vegetaciones venenosas de las infidelidades, las traiciones, los abandonos, los olvidos, los celos. El misterio de la libertad amorosa y su flora alternativamente radiante y fúnebre ha sido el tema central de nuestros poetas y artistas. También de nuestras vidas, la real y la imaginaria, la vivida y la soñada.

La quinta nota distintiva de nuestra idea del amor consiste, como en el caso de las otras, en la unión indisoluble de dos contrarios, el cuerpo y el alma. Nuestra tradición, desde Platón, ha exaltado al alma y ha menospreciado al cuerpo. Frente a ella y desde sus orígenes, el amor ha ennoblecido el cuerpo: sin atracción física, carnal, no hay amor. Ahora asistimos a una reversión radicalmente opuesta al platonismo: nuestra época niega al alma y reduce el espíritu humano a un reflejo de las funciones corporales. Así ha minado en su centro mismo a la noción de persona, doble herencia del cristianismo y la filosofía griega. La noción de alma constituye a la persona y, sin persona, el amor regresa al mero erotismo. Más adelante volveré sobre el ocaso de la noción de persona en nuestras sociedades; por ahora, me limito a decir que ha sido el principal responsable de los desastres políticos del siglo XX y del envilecimiento general de nuestra civilización. Hay una conexión íntima y causal, necesaria, entre las nociones de alma, persona, derechos humanos y amor. Sin la creencia en un alma inmortal inseparable de un cuerpo mortal, no habría podido nacer el amor único ni su consecuencia: la transformación del objeto deseado en sujeto deseante. En suma, el amor exige como condición previa la noción de persona y ésta la de un alma encarnada en un cuerpo.

La palabra *persona* es de origen etrusco y designaba en Roma a la máscara del actor teatral. ¿Qué hay detrás de la máscara, qué es aquello que *anima* al personaje? El espíritu humano, el alma o ánima. La persona es un ser compuesto de un alma y un cuerpo. Aquí aparece otra y gran paradoja del amor, tal vez la central, su nudo trágico: amamos simultáneamente un cuerpo mortal, sujeto al tiempo y sus accidentes, y un alma inmortal. El amante ama por igual al cuerpo y al alma. Incluso puede decirse que, si no fuera por la atracción hacia el cuerpo, el enamorado no podría amar al alma que lo anima. Para el amante el cuerpo deseado es alma; por esto le habla con un lenguaje más allá del lenguaje pero que es perfectamente comprensible, no con la razón, sino con el cuerpo, con la piel. A su vez el alma es palpable: la podemos tocar y su soplo refresca nuestros párpados o calienta nuestra nuca. Todos los enamorados han sentido esta transposición de lo corporal a lo espiritual y viceversa. Todos lo saben con un saber rebelde a la razón y al lenguaje. Algunos poetas lo han dicho:

> *... her pure and eloquent blood*
> *Spoke in her cheeks, and so distinctly wrought*
> *That one might almost say, her body thought.*[5]

Al ver en el cuerpo los atributos del alma, los enamorados incurren en una herejía que reprueban por igual los cristianos y los platónicos. Así, no es extraño que haya sido considerado como un extravío e incluso como una locura: el *loco amor* de los poetas medievales. El amor es loco porque encierra a los amantes en una contradicción insoluble. Para la tradición platónica, el alma vive prisionera en el cuerpo; para el cristianismo, venimos a este mundo sólo una vez y sólo para salvar nuestra alma. En uno y otro caso hay oposición entre alma y cuerpo, aunque el cristianismo la haya atenuado con el dogma de la *resurrección de la carne*, y la doctrina de los *cuerpos gloriosos*. Pero el amor es una transgresión tanto de la tradición platónica como de la cristiana. Traslada al cuerpo los atributos del alma y éste deja de ser una prisión. El amante ama al cuerpo como si fuese alma y al alma como si fuese cuerpo. El amor mezcla la tierra con el cielo: es la gran subversión. Cada vez que el amante dice: *te amo para siempre*, confiere a una criatura efímera y cambiante dos atributos divinos: la inmortalidad y la inmutabilidad. La contradicción es en verdad trágica: la carne se corrompe, nuestros días están contados. No obstante, amamos. Y amamos con el cuerpo y con el alma, en cuerpo y alma.

Esta descripción de los cinco elementos constitutivos de nuestra imagen del amor, por más somera que haya sido, me parece que revela su naturaleza contradictoria, paradójica o misteriosa. Mencioné a cinco rasgos distintivos;

5. John Donne, *Second Anniversary*.

en realidad, como se ha visto, pueden reducirse a tres: la exclusividad, que es amor a una sola persona; la atracción, que es fatalidad libremente asumida; la persona, que es alma y cuerpo. El amor está compuesto de contrarios pero que no pueden separarse y que viven sin cesar en lucha y reunión con ellos mismos y con los otros. Estos contrarios, como si fuesen los planetas del extraño sistema solar de las pasiones, giran en torno a un sol único. Este sol también es doble: la pareja. Continua transmutación de cada elemento: la libertad escoge la servidumbre, la fatalidad se transforma en elección voluntaria, el alma es cuerpo y el cuerpo es alma. Amamos a un ser mortal como si fuese inmortal. Lope lo dijo mejor: *a lo que es temporal llamar eterno.* Sí, somos mortales, somos hijos del tiempo y nadie se salva de la muerte. No sólo sabemos que vamos a morir sino que la persona que amamos también morirá. Somos los juguetes del tiempo y de sus accidentes: la enfermedad y la vejez, que desfiguran al cuerpo y extravían al alma. Pero el amor es una de las respuestas que el hombre ha inventado para mirar de frente a la muerte. Por el amor le robamos al tiempo que nos mata unas cuantas horas que transformamos a veces en paraíso y otras en infierno. De ambas maneras el tiempo se distiende y deja de ser una medida. Más allá de felicidad o infelicidad, aunque sea las dos cosas, el amor es intensidad; no nos regala la eternidad sino la vivacidad, ese minuto en el que se entreabren las puertas del tiempo y del espacio: aquí es allá y ahora es siempre. En el amor todo es dos y todo tiende a ser uno.

EL LUCERO DEL ALBA

Desde el siglo XVIII los europeos se examinan sin cesar y se juzgan. Este desmesurado interés por ellos mismos no es simple narcisismo: es angustia ante la muerte. En el mediodía de su civilización los griegos inventaron la tragedia; la inventaron, dice Nietzsche, por un exceso de salud; sólo un organismo fuerte y lúcido puede ver de frente al sol cruel del destino. La conciencia histórica nació con Occidente y quien dice historia dice conciencia de la muerte. Heredera del cristianismo, que inventó el examen de conciencia, la modernidad ha inventado la crítica. Éste es uno de los rasgos que nos distinguen de otras épocas; ni la Antigüedad ni la Edad Media practicaron la crítica con la pasión de la modernidad: crítica de los otros y de nosotros mismos, de nuestro pasado y de nuestro presente. El examen de conciencia es un acto de introspección solitaria pero en el que aparecen los fantasmas de los otros y también el fantasma de aquel que fuimos —un fantasma plural pues fuimos muchos. Este descenso a la caverna de nuestra conciencia lo hacemos a la luz de la idea de la muerte: descendemos hacia el pasado porque sabemos que un día moriremos y, antes, queremos estar en paz con nosotros mismos. Creo que algo semejante se puede decir de las meditaciones filosóficas e históricas sobre la civilización de Occidente: son exámenes de conciencia, diagnósticos sobre la salud de nuestras sociedades y discursos ante su muerte más o menos próxima. De Vico a Valéry nuestros filósofos no cesan de recordarnos que las civilizaciones son mortales. En los últimos cincuenta años estos melancólicos ejercicios se han hecho más y más frecuentes; casi todos son admonitorios y algunos desesperanzados. Son muy pocos ya, cualquiera que sea su bando, los que se atreven a anunciar «mañanas radiantes». Si pensamos en términos históricos, vivimos en la edad de hierro, cuyo acto final es la barbarie; si pensamos en términos morales, vivimos en la edad de fango.

Los estudios sobre la salud histórica y moral de nuestras sociedades comprenden todas las ciencias y las especialidades: la economía, la política, el derecho, los recursos naturales, las enfermedades, la demografía, el descenso general de la cultura, la crisis de las universidades, las ideologías y, en fin, todo el abanico de las actividades humanas. Sin embargo, en ninguno de ellos —salvo unas cuantas excepciones que pueden contarse con los dedos— aparece la más ligera reflexión sobre la historia del amor en Occidente y sobre su situación actual. Me refiero a libros y estudios sobre el amor propiamente dicho, no a toda esa abundante literatura acerca de la sexualidad humana, su historia y sus anomalías. Sobre estos temas la bibliografía es muy rica y va del ensayo al tratado de higiene. Pero el amor es otra cosa. Omisión que dice mucho sobre el temple de nuestra época. Si el estudio de las instituciones políticas y religiosas, las formas económicas y sociales, las ideas filosóficas y científicas es imprescindible para tener una idea de lo que ha sido y es nuestra civilización, ¿cómo no va a serlo el de nuestros sentimientos, entre ellos el de aquel que, durante mil años, ha sido el eje de nuestra vida afectiva, la imaginaria y la real? El ocaso de nuestra imagen del amor sería una catástrofe mayor que el derrumbe de nuestros sistemas económicos y políticos: sería el fin de nuestra civilización. O sea: de nuestra manera de sentir y vivir.

Un error que debemos corregir es la costumbre de referir estos fenómenos exclusivamente a la civilización de Occidente. Aunque se asiste hoy en muchas partes a la resurrección de los particularismos nacionales y aun tribales, es claro que, por primera vez en la historia de nuestra especie, vivimos los comienzos de una sociedad mundial. La civilización de Occidente se ha extendido al planeta entero. En América arrasó a las culturas nativas; nosotros, los americanos, somos una dimensión excéntrica de Occidente. Somos su prolongación y su réplica. Lo mismo puede decirse de otros pueblos de Oceanía y África. Esto que digo no implica ignorancia o menosprecio de las sociedades nativas y sus creaciones; no enuncio un juicio de valor: doy constancia de un hecho histórico. Predicar la vuelta a las culturas africanas o el regreso a Tenochtitlán o al Inca es una aberración sentimental —respetable pero errónea— o un acto de cínica demagogia. Por último, la influencia occidental ha sido y es determinante en el Oriente. En conexión con el tema de estas reflexiones apenas si necesito recordar las numerosas y hondas analogías entre nuestra concepción del amor y la del Extremo Oriente y la India. En el caso del Islam el parentesco es aún más íntimo: el «amor cortés» es impensable sin la erótica árabe. Las civilizaciones no son fortalezas sino cruces de caminos y nuestra deuda con la cultura árabe, en esta materia, es inmensa. En suma, la imagen o idea del amor es hoy universal y su suerte, en este fin de siglo, es inseparable de la suerte de la civilización mundial.

Al hablar de la continuidad del amor es útil repetir que no me refiero al sentimiento, que probablemente pertenece a todos los tiempos y lugares, sino a las concepciones sobre esta pasión elaboradas por algunas sociedades. Estas concepciones no son construcciones lógicas: son la expresión de profundas aspiraciones psíquicas y sexuales. Su coherencia no es racional sino vital. Por esto las he llamado imágenes. Añado que, si no son una filosofía, son una visión del mundo y, así, son también una ética y una estética: una *cortesía*. Finalmente, la notable continuidad de la imagen del amor, del siglo XII a nuestros días, no significa inmovilidad. Al contrario; en su historia abundan las mudanzas y las innovaciones. El amor ha sido un sentimiento constantemente creador y subversivo.

Entre todas las civilizaciones la de Occidente ha sido, para bien y para mal, la más dinámica y cambiante. Sus cambios se han reflejado en nuestra imagen del amor; a su vez, ésta ha sido un potente y casi siempre benéfico agente de esas transformaciones. Piénsese, por ejemplo, en la institución matrimonial: de sacramento religioso a contrato interpersonal, de arreglo de familias sin participación de los contrayentes a convenio entre ellos, de la obligación de la dote a la separación de bienes, de estado indisoluble y para toda la vida al divorcio moderno. Otro cambio más: el adulterio. Estamos ya muy lejos de los cuchillos con que los esposos del siglo XVII degollaban a sus mujeres para vengar su honra. La lista de los cambios podrá alargarse. No es necesario. La gran novedad de este fin de siglo es el laxismo de las sociedades liberales de Occidente. Me parece que la conjunción de tres factores lo explica: el primero, social, ha sido la creciente independencia de la mujer; el segundo, de orden técnico, la aparición de métodos anticoncepcionales más eficaces y menos peligrosos que los antiguos; el tercero, que pertenece al dominio de las creencias y los valores, es el cambio de posición del cuerpo, que ha dejado de ser la mitad inferior, meramente animal y perecedera del ser humano. La revolución del cuerpo ha sido y es un hecho decisivo en la doble historia del amor y del erotismo: nos ha liberado pero puede también degradarnos y envilecernos. Volveré sobre esto más adelante.

La literatura retrata los cambios de la sociedad. También los prepara y los profetiza. La paulatina cristalización de nuestra imagen del amor ha sido la obra de los cambios tanto en las costumbres como en la poesía, el teatro y la novela. La historia del amor no sólo es la historia de una pasión sino de un género literario. Mejor dicho: la historia de las diversas imágenes del amor que nos han dado los poetas y los novelistas. Esas imágenes han sido retratos y transfiguraciones, copias de la realidad y visiones de otras realidades. Al mismo tiempo, todas esas obras se han alimentado de la filosofía y el pensamiento de cada época: Dante de la escolástica, los poetas renacentistas del neoplatonismo, Laclos y Stendhal de la Enciclopedia, Proust de Bergson, los poetas y novelistas modernos de Freud. En nuestra lengua el ejemplo mayor, en este siglo, es el de Antonio Machado, nuestro poeta filósofo, cuya obra en verso y en prosa gira en torno a la temporalidad humana y en consecuencia a nuestra esencial «incompletud». Su poesía, como él mismo lo dijo alguna vez, fue un «canto de frontera» —al otro lado está la muerte— y su pensamiento sobre el amor una reflexión sobre la ausente y, más radicalmente, sobre la ausencia.

Me parece que no es exagerado afirmar, no como si

fuese una ley histórica pero sí como algo más que una simple coincidencia, que todos los grandes cambios del amor corresponden a movimientos literarios que, simultáneamente, los preparan y los reflejan, los transfiguran y los convierten en ideales de vida superior. La poesía provenzal ofreció a la sociedad feudal del siglo XII la imagen del «amor cortés» como un género de vida digno de imitarse. La figura de Beatriz, mediadora entre este mundo y el otro, se desdobló en sucesivas creaciones como la Margarita de Goethe y la Aurelia de Nerval; al mismo tiempo, por obra del contagio poético, iluminó y confortó las noches de muchos solitarios. Stendhal describió por primera vez, con fingido rigor científico, el amor-pasión. Digo fingido porque su descripción es más bien una confesión que una teoría, aunque congelada por el pensamiento del siglo XVIII. Los románticos nos enseñaron a vivir, a morir, a soñar y, sobre todo, a amar. La poesía ha exaltado al amor y lo ha analizado, lo ha recreado y lo ha propuesto a la imitación universal.

El fin de la primera guerra mundial tuvo repercusiones en todos los órdenes de la existencia. La libertad de las costumbres, sobre todo eróticas, fue inusitada. Para comprender la alegría que experimentaron los jóvenes ante los atrevimientos de esos años, hay que recordar el rigorismo y la gazmoñería que, durante todo el siglo XIX, impuso al mundo la moral de la burguesía. Las mujeres salieron a la calle, se cortaron el pelo, se subieron las faldas, enseñaron sus cuerpos y les sacaron la lengua a los obispos, los jueces y los profesores. La liberación erótica concidió con la revolución artística. En Europa y América surgieron grandes poetas del amor moderno, un amor que mezclaba al cuerpo con la mente, a la rebelión de los sentidos con la del pensamiento, a la libertad con la sensualidad. Nadie lo ha dicho y ya es hora de decirlo: en la América de lengua española aparecieron en esos años dos o tres grandes poetas del amor. Fue la erupción del enterrado lenguaje de la pasión. Lo mismo sucedió en Rusia, antes de que descendiese sobre ese país la edad de plomo de Stalin. Sin embargo, ninguno de estos poetas nos dejó una teoría del amor semejante a las que nos legaron los neoplatónicos del Renacimiento y los románticos. Eliot y Pound fueron hombres de pensamiento pero no les interesó el amor sino la política y la religión. La excepción fue, como en el siglo XII, Francia. Allá la vanguardia estética, el surrealismo, pronto se convirtió en una rebelión filosófica, moral y política. Uno de los ejes de la subversión surrealista fue el erotismo. Lo mejor de la poesía surrealista es poesía amorosa; pienso sobre todo, aunque no únicamente, en Paul Éluard. Algunos de los surrealistas escribieron también ensayos; Benjamin Péret acuñó en un hermoso texto la expresión «amor sublime», para diferenciar a este sentimiento del amor-pasión de Stendhal.[1] En fin, la tradición iniciada por Dante y Petrarca fue continuada por la figura central del surrealismo, André Breton.

En la obra y la vida de Breton se mezclan la reflexión y el combate. Si su temperamento filosófico lo insertó en la línea de Novalis, su arrojo lo llevó a combatir, como Tibulo y Propercio, en la *militia amoris*. No como simple soldado sino como capitán. Desde su nacimiento el surrealismo se presentó como un movimento revolucionario. Bre-

---

1. «Le noyau de la comète», prefacio a la *Anthologie de l'amour sublime*, París, 1956.

ton quiso unir lo privado y lo social, la rebelión de los sentidos y del corazón —encarnada en su idea del amor único— con la revolución social y política del comunismo. Fracasó y hay ecos de ese fracaso en las páginas de *L'amour fou*, uno de los pocos libros modernos que merece ser llamado *eléctrico*. Su actitud no fue menos intransigente frente a la moral de la burguesía. Los románticos habían luchado en contra de las prohibiciones de la sociedad de su época y habían sido los primeros en proclamar la libertad del amor. Aunque en la Europa de 1920 y 1930 todavía subsistían muchas interdicciones, también se habían popularizado los preceptos y las doctrinas del amor libre. En ciertos grupos y medios la promiscuidad reinaba, disfrazada de libertad. Así, el combate de Breton por el amor se desplegó en tres frentes: el de los comunistas, empeñados en ignorar la vida privada y sus pasiones; el de las antiguas prohibiciones de la Iglesia y la burguesía; y el de los emancipados. Combatir a los dos primeros no era difícil, intelectualmente hablando; combatir al tercer grupo era arduo pues implicaba la crítica de su medio social. No hay nada más difícil que defender a la libertad de los libertarios.

Uno de los grandes méritos de Breton fue haberse dado cuenta de la función subversiva del amor y no únicamente, como la mayoría de sus contemporáneos, del mero erotismo. Percibió también, aunque no claramente, las diferencias entre el amor y el erotismo pero no pudo o no quiso ahondar en esas diferencias y así se privó de dar una base más sólida a su idea del amor. En su tentativa por insertar su idea del amor en el movimiento revolucionario y filosófico de su época —¿lo sabía?— no hizo sino seguir a los poetas del pasado, especialmente a uno de los fundadores, Dante, que se propuso abolir la oposición entre el «amor cortés» y la filosofía cristiana. En la actitud de Breton aparece de nuevo la dualidad del surrealismo: por una parte, fue una subversión, una ruptura; por la otra, encarnó la tradición central de Occidente, esa corriente que una y otra vez se ha propuesto unir la poesía al pensamiento, la crítica a la inspiración, la teoría a la acción. Fue ejemplar que en los momentos de la gran desintegración moral y política que precedió a la segunda guerra mundial, Breton haya proclamado el lugar cardinal del amor único en nuestras vidas. Ningún otro movimiento poético de este siglo lo hizo y en esto reside la superioridad del surrealismo; una superioridad no de orden estético sino espiritual.

La posición de Breton fue subversiva y tradicional. Se opuso a la moral prevaleciente en nuestras sociedades, tanto a la burguesa como a la pseudorrevolucionaria; al mismo tiempo y con la misma decisión, continuó la tradición legada por los románticos e iniciada por los poetas provenzales. Sostener la idea del amor único en el momento de la gran liberación erótica que siguió a la primera guerra era exponerse al escarnio de muchos; Breton se atrevió a desafiar la opinión «avanzada» con denuedo e inteligencia. No fue enemigo de la nueva libertad erótica pero se negó a confundirla con el amor. Señaló los obstáculos que se oponen a la elección amorosa: los prejuicios morales y sociales, las diferencias de clase y la alienación. Esta última le parecía el verdadero y gran obstáculo: ¿cómo escoger si no somos dueños ni siquiera de nosotros mismos? Breton atribuía la enajenación, siguiendo a Marx, al sistema capitalista; una vez que éste desapareciese, desaparecería también la alienación. Su otro maestro, Hegel, el primero en formular el concepto de enajenación, tenía una idea menos optimista. La alienación consiste en el sentimiento de estar ausentes de nosotros mismos; otros poderes (¿otros fantasmas?) nos desalojan, usurpan nuestro verdadero ser y nos hacen vivir una vida vicaria, ajena. No ser lo que se es, estar fuera de sí, ser un otro sin rostro, anónimo, una ausencia: esto es la enajenación. Para Hegel la alienación nace con la *escisión*.

¿Qué entendía Hegel por escisión? Kostas Papaioannou lo explica de manera sucinta: «La concepción judeo-cristiana desvalorizó a la naturaleza y la transformó en objeto... Al mismo tiempo rompió el lazo orgánico entre el hombre y la ciudad (la *polis*). Por último, la razón moderna generalizó la escisión: después de haber opuesto el espíritu a la materia, el alma al cuerpo, la fe al entendimiento, la libertad a la necesidad... la escisión terminó por englobar todas las oposiciones en una mayor: la *subjetividad absoluta* y la *objetividad absoluta*».[2] Pero hay un momento extremo de esta separación del mundo y de sí mismo; entonces el hombre «intenta regresar a sí mismo y la salvación se vuelve accesible». Como toda su generación, Hegel creyó al principio en la Revolución francesa y pensó que estaba destinada a suprimir la alienación y a reconciliar al hombre con la naturaleza y consigo mismo. El fracaso revolucionario lo obligó a replegarse y a concebir una filosofía que repensase a la totalidad y la reconstruyese entre los fragmentos dispersos a que la había reducido la incesante labor de la negatividad del sujeto. En lugar de la cura incompleta de la escisión que había sido la Revolución francesa, Hegel propuso una filosofía que incluía, asimismo, una respuesta al enigma de la historia y un diagnóstico de la escisión. No una «filosofía de la historia» sino una «historia filosófica» de los hombres.

2. Kostas Papaioannou, *Hegel*, París, 1962.

Si la sociedad civil se había mostrado «incapaz de constituirse como un sujeto universal, debía someterse al Estado... Si la *polis* era imposible, el Estado sería trascendente con respecto a la sociedad». ¿Cura de la escisión y la alienación? Sí, pero a través de la desaparición del sujeto, engullido por el Estado, que para Hegel era la forma más alta en que podía encarnar el espíritu objetivo.

Tal vez el error de Hegel y de sus discípulos consistió en buscar una solución histórica, es decir, temporal, a la desdicha de la historia y a sus consecuencias: la escisión y la alienación. El calvario de la historia, como él llamaba al proceso histórico, está recorrido por un Cristo que cambia sin cesar de rostro y de nombre pero que siempre es el mismo: el hombre. Es el mismo pero jamás *está* en sí mismo: es tiempo y el tiempo es constante separación de sí. Se puede refutar la existencia del tiempo y reputarlo una ilusión. Esto fue lo que hicieron los budistas. Sin embargo, no pudieron substraerse a sus consecuencias: la rueda de las reencarnaciones y el *karma*, la culpa del pasado que nos empuja sin cesar a vivir. Podemos negar al tiempo, no escapar de su abrazo. El tiempo es continua escisión y no descansa nunca: se reproduce y se multiplica al separarse de sí mismo. La escisión no se cura con tiempo sino con algo o con alguien que sea no-tiempo.

Cada minuto es el cuchillo de la separación: ¿cómo confiarle nuestra vida al cuchillo que nos degüella? El remedio está en encontrar un bálsamo que cicatrice para siempre esa continua herida que nos infligen las horas y los minutos. Desde que apareció sobre la tierra —sea porque haya sido expulsado del paraíso o porque es un momento de la evolución universal de la vida— el hombre es un ser incompleto. Apenas nace y se fuga de sí mismo. ¿Adónde va? Anda en busca de sí mismo y se persigue sin cesar. Nunca es el que es sino el que quiere ser, el que se busca; en cuanto se alcanza, o cree que se alcanza, se desprende de nuevo de sí, se desaloja, y prosigue su persecución. Es el hijo del tiempo. Y más: el tiempo es su ser y su enfermedad constitucional. Su curación no puede estar sino fuera del tiempo. ¿Y si no hubiese nada ni nadie más allá del tiempo? Entonces el hombre estaría condenado y tendría que aprender a vivir cara a esta terrible verdad. El bálsamo que cicatriza la herida del tiempo se llama religión; el saber que nos lleva a convivir con nuestra herida se llama filosofía.

¿No hay salida? Sí la hay: en algunos momentos el tiempo se entreabre y nos deja ver el *otro lado*. Estos instantes son experiencias de la conjunción del sujeto y del objeto, del yo soy y el tú eres, del ahora y el siempre, el allá y el aquí. No son reducibles a conceptos y sólo podemos aludir a ellas con paradojas y con las imágenes de la poesía. Una de estas experiencias es la del amor, en la que la sensación se une al sentimiento y ambas al espíritu. Es la experiencia de la total extrañeza: estamos fuera de nosotros, lanzados hacia la persona amada; y es la experiencia del regreso al origen, a ese lugar que no está en el espacio y que es nuestra patria original. La persona amada es, a un tiempo, tierra incógnita y casa natal, la desconocida y la reconocida. Sobre esto es útil citar, más que a los poetas o a los místicos, precisamente a un filósofo como Hegel, gran maestro de las oposiciones y las negaciones. En uno de sus escritos de juventud dice: «el amor excluye todas las oposiciones y de ahí que escape al dominio de la razón... Anula la objetividad y así va más allá de la reflexión... En el amor la vida se descubre en ella misma ya exenta de cualquier incompletud». El amor suprime la escisión. ¿Para siempre? Hegel no lo dice pero probablemente en su juventud lo creyó. Incluso puede decirse que toda su filosofía y especialmente la misión que atribuye a la dialéctica —lógica quimérica— no es sino una gigantesca traducción de esta visión juvenil del amor al lenguaje conceptual de la razón.

En el mismo texto Hegel percibe con extraordinaria penetración la gran y trágica paradoja que funda el amor: «los amantes no pueden separarse sino en la medida en que son mortales o cuando reflexionan sobre la posibilidad de morir». En efecto, la muerte es la fuerza de gravedad del amor. El impulso amoroso nos arranca de la tierra y del aquí; la conciencia de la muerte nos hace volver: somos mortales, estamos hechos de tierra y tenemos que volver a ella. Me atrevo a decir algo más. El amor es vida plena, unida a sí misma: lo contrario de la separación. En la sensación del abrazo carnal, la unión de la pareja se hace sentimiento y éste, a su vez, se transforma en conciencia: el amor es el descubrimiento de la unidad de la vida. En ese instante, la unidad compacta se rompe en dos y el tiempo reaparece: es un gran hoyo que nos traga. La doble faz de la sexualidad reaparece en el amor: el sentimiento intenso de la vida es indistinguible del sentimiento no menos poderoso de la extinción del apetito vital, la subida es caída y la extrema tensión, distensión. Así pues, la fusión total implica la aceptación de la muerte. Sin la muerte, la vida —la nuestra, la terrestre— no es vida. El amor no vence a la muerte pero la integra en la vida. La muerte de la persona querida confirma nuestra condena: somos tiempo, nada dura y vivir es un continuo separarse; al mismo tiempo, en la muerte cesan el tiempo y la separación: regresamos a la indistinción del principio, a ese estado que entrevemos en la cópula carnal. El amor es un regreso a la muerte, al lugar de reunión. La muerte es la madre universal. *Mezclaré tus huesos con los míos*, le dice Cintia a su amante. Acepto que las palabras de Cintia no pueden satisfacer a los cristianos ni a todos los que creen en otra vida después de la muerte. Sin embargo, ¿qué habría dicho Francesca si alguien le hubiese ofrecido salvarla pero sin Paolo? Creo que habría contestado: escoger el cielo para mí y el infierno para mi amado es escoger al infierno, condenarse dos veces.

Breton también se enfrentó al otro gran misterio del amor: la elección. El amor único es el resultado de una elección pero la elección a su vez, ¿no es el resultado de un conjunto de circunstancias y coincidencias? Y esas coincidencias, ¿son meras casualidades o tienen un sentido y obedecen a una lógica secreta? Estas preguntas lo desvelaron y lo llevaron a escribir páginas memorables. El encuentro precede a la elección y en el encuentro lo fortuito parece determinante. Breton advirtió con perspicacia que el encuentro está constituido por una serie de hechos que acaecen en la realidad objetiva, sin que aparentemente los guíe designio alguno y sin que nuestra voluntad participe en su desarrollo. Camino sin rumbo fijo por una calle cualquiera y tropiezo con una transeúnte; su figura me impresiona; quiero seguirla, desaparece en una esquina y un mes después, en la casa de un amigo o a la salida de un teatro o al entrar en un café, la mujer reaparece; sonríe, le hablo, me responde y así comienza una relación que nos marcará para siempre. Hay mil variantes del encuentro pero en todas ellas interviene un agente que a veces llamamos azar, otras casualidad y otras destino o predestinación. Casualidad o destino, la serie de estos hechos objetivos, regidos por una causalidad externa, se cruza con nuestra subjetividad, se inserta en ella y se transforma en una dimensión de lo más íntimo y poderoso en cada uno de nosotros: el deseo. Breton recordó a Engels y llamó a la intersección de las dos series, la exterior y la interior: *azar objetivo*.[3]

Breton formula de manera nítida y económica su idea del azar objetivo: «una forma de la necesidad exterior que se abre camino en el inconsciente humano». La serie causal exterior se cruza con una causa interna: el inconsciente. Ambas son ajenas a nuestra voluntad, ambas nos determinan y su conjunción crea un orden, un tejido de relaciones, sobre el que ignoramos tanto la finalidad como la razón de ser. ¿Esa conjunción de circunstancias es accidental o posee un sentido y una dirección? Sea lo uno o lo otro, somos juguetes de fuerzas ajenas, instrumentos de un destino que asume la forma paradójica y contradictoria de un accidente necesario. El azar objetivo cumple, en la mitología de Breton, la función del filtro mágico en la leyenda de Tristán e Isolda y la del imán en las metáforas de la poesía renacentista. El azar objetivo crea un espacio literalmente imantado: los amantes, como sonámbulos dotados de una segunda vista, caminan, se cruzan, se separan y vuelven a juntarse. No se buscan: se encuentran. Breton recrea con clarividencia poética esos estados que conocen todos los amantes al principio de su relación: el saberse en el centro de un tejido de coincidencias, señales

---

3. Véase, sobre la noción de «azar objetivo» en Breton, la penetrante «Noticia» que consagra Marguerite Bonnet a *L'amour fou* en el segundo volumen de las *Oeuvres Complètes* de André Breton, La Pléiade, Gallimard, París, 1992. Véase también, en el mismo volumen, la «Noticia» de la señora Bonnet y de E. A. Hubert sobre *Les vases communicants*. Por cierto, la expresión «azar objetivo» no aparece en Engels.

y correspondencias. Sin embargo, una y otra vez nos previene que no escribe un relato novelesco ni una ficción: nos presenta un documento, nos da la relación de un hecho vivido. La fantasía, la extrañeza, no son invenciones del autor: son la realidad misma. ¿Lo es su interpretación? Sí y no: Breton cuenta lo que vio y vivió pero en su relato se despliega, bajo el nombre de *azar objetivo*, una teoría de la libertad y la necesidad.

El azar objetivo, tal como lo expone Breton, se presenta como *otra* explicación del enigma de la atracción amorosa. Como las otras —el bebedizo, la influencia de los astros o las tendencias infantiles del psicoanálisis— deja intacto al otro misterio, el fundamental: la conjunción entre destino y libertad. Accidente o destino, azar o predestinación, para que la relación se realice necesita la complicidad de nuestra voluntad. El amor, cualquier amor, implica un sacrificio; no obstante, a sabiendas escogemos sin pestañear ese sacrificio. Éste es el misterio de la libertad, como lo vieron admirablemente los trágicos griegos, los teólogos cristianos y Shakespeare. También Dante y Cavalcanti pensaban que el amor era un accidente que, gracias a nuestra libertad, se transformaba en elección. Cavalcanti decía: el amor no es la virtud pero, nacido de la perfección (de la persona amada), es lo que la hace posible. Debo añadir que la virtud, cualquiera que sea el sentido que demos a esa palabra, es ante todo y sobre todo un *acto libre*. En suma, para decirlo usando una enérgica expresión popular: *el amor es la libertad en persona*. La libertad encarnada en un cuerpo y un alma... Con Breton se cierra el período que precede a la segunda guerra mundial. La tensión que recorre muchas de las páginas de su libro se debe probablemente a que tenía conciencia de que escribía frente a la noche inminente: en 1937 las sombras de la guerra, que habían cubierto el cielo español, se agolpaban en el horizonte. ¿Pensaba, a pesar de su fervor revolucionario, que su testimonio era también un testamento, un legado? No lo sé. En todo caso, se daba cuenta de cómo son precarias y elusivas las ideas con que pretendemos explicar el enigma de la elección amorosa. Ese enigma es parte de otro mayor, el del hombre que, suspendido entre el accidente y la necesidad, transforma su predicamento en libertad.

Los antiguos representaban al planeta Venus, al lucero del alba, en la figura de un joven portador de una antorcha: Lucifer (*lux, lucis*: luz + *ferre*: portar). Para traducir un pasaje del Evangelio en el que Jesús habla de Satán como de «una centella caída del cielo», San Jerónimo usó la palabra que designaba a la estrella de la mañana: Lucifer. Feliz deslizamiento del significado: llamar al ángel rebelde, al más bello del ejército celestial, con el nombre del heraldo que anuncia el comienzo del alba, fue un acto de imaginación poética y moral: la luz es inseparable de la sombra, el vuelo de la caída. En el centro de la negrura absoluta del mal apareció un reflejo indeciso: la luz vaga del amanecer. Lucifer: ¿comienzo o caída, luz o sombra? Tal vez lo uno y lo otro. Los poetas percibieron esta ambigüedad y le sacaron el partido que sabemos. Lucifer fascinó a Milton pero también a los románticos, que lo convirtieron en el ángel de la rebeldía y en el portaantorcha de la libertad. Las mañanas son breves y más breves aún las que ilumina la luz zigzagueante de Lucifer. Apareció al despuntar el siglo XVIII y a la mitad del XIX palideció su resplandor rojizo, aunque siguió iluminando con una luz tenue y perlada, luz del pensamiento más que del corazón, el largo atardecer del simbolismo. Hacia el final de su vida Hegel aceptó que la filosofía llega siempre tarde y que a la luz del alba sucede la del crepúsculo: «el ave de Minerva comienza su vuelo al caer la noche».

La modernidad ha tenido dos mañanas: una, la que vivió Hegel y su generación, que comienza con la Revolución francesa y termina cincuenta años después; otra, la que se inicia con el gran despertar científico y artístico que precede a la primera gran guerra del siglo XX y que termina al estallar la segunda. El emblema de este segundo período es, otra vez, la figura ambigua de Lucifer. Ángel del mal, su sombra cubre las dos guerras, los campos de Hitler y Stalin, la explosión de Nagasaki e Hiroshima; ángel rebelde de la luz, es la chispa que enciende todas las grandes innovaciones de nuestra época en la ciencia, la moral y las artes. De Picasso a Joyce y de Duchamp a Kafka, la literatura y el arte de la primera mitad del siglo XX han sido luciferinos. No se puede decir lo mismo del período que sucedió a la segunda guerra y cuyas postrimerías, según todos los signos, vivimos ahora. El contraste es sobrecogedor. Nuestro siglo se inició con grandes movimientos revolucionarios en el dominio del arte, como el cubismo y el abstraccionismo, a los que siguieron otras revueltas pasionales, como el surrealismo, que se distinguió por su violencia. Cada género literario, de la novela a la poesía, fue el teatro de una sucesión de cambios en la forma, la orientación y el sentido mismo de las obras. Esas tranformaciones y sacudimientos abarcaron también a la comedia y al drama. El cine, además, fue influido por todos esos experimentos; a su vez, su técnica de presentación de las imágenes y su ritmo influyeron profundamente en la poesía y en la novela. El simultaneísmo, por ejemplo, imperante en la poesía y en la novela de esos años, es un hijo directo del montaje cinematográfico. Nada semejante ocurrió en la etapa que siguió a la segunda guerra. El ángel rebelde, Lucifer, abandonó al siglo.

No soy pesimista ni nostálgico. El período que ahora vivimos no ha sido estéril, aunque la producción artística ha sido dañada gravemente por las plagas del mercantilismo, el lucro y la publicidad. La pintura y la novela, por ejemplo, han sido convertidas en productos sometidos a la moda, la primera a través del fetichismo del objeto único y la segunda por el mecanismo de la producción en masa. Sin embargo, desde 1950 no han cesado de aparecer obras y personalidades notables en los campos de la poesía, la música, la novela y las artes plásticas. Pero no ha surgido ningún gran movimiento estético o poético. El último fue el surrealismo. Hemos tenido resurrecciones, unas meramente ingeniosas y otras brillantes. Mejor dicho, hemos tenido, para emplear la exacta palabra inglesa, *revivals*. Pero un *revival* no es una resurrección: es una llamarada que pronto se apaga. El siglo XVIII tuvo un neoclasicismo; nosotros hemos tenido un «neoexpresionismo», una «transvanguardia» y hasta un «neorromanticismo». ¿Y qué han sido el *pop-art* y la poesía *beat* sino derivaciones, la primera de Dadá y la otra del surrealismo? El «expresionismo-abstracto» de Nueva York también fue una tendencia derivada; nos dio algunos artistas excelentes pero, de nuevo, fue un *revival*, una llamarada. Otro tanto hay que decir de una tendencia filosófico-literaria de postguerra, que apareció en París y se extendió al mundo entero: el existencialismo. Por su método, fue una prolongación de Husserl; por sus temas, de Heidegger. Un ejemplo más: a partir de 1960 comenzaron a publicarse ensayos y libros sobre Sade, Fourier, Roussel y otros. Algunos de esos estudios e interpretaciones son agudos, penetrantes y, a veces, profundos.

Pero no fueron revelaciones originales: esos autores y esas obras habían sido descubiertos cuarenta años antes por Apollinaire y los surrealistas. Otro *revival*. No vale la pena seguir... Repito: la segunda mitad del siglo XX no es pobre en obras notables; sin embargo, incluso por su naturaleza misma, esas obras representan algo muy distinto y aun contrario a las de la primera mitad de siglo. No las ilumina la luz ambigua y violenta de Lucifer: son obras crepusculares. ¿El melancólico Saturno es su numen? Tal vez, aunque Saturno ama los matices. La mitología lo pinta como el soberano de una edad de oro espiritual minado por la bilis negra, la melancolía, ese humor que ama el claroscuro. En cambio, nuestro tiempo es simplista, sumario y brutal. Después de haber caído en la idolatría de los sistemas ideológicos, nuestro siglo ha terminado en la adoración de las Cosas. ¿Qué lugar tiene el amor en un mundo como el nuestro?

LA PLAZA Y LA ALCOBA

La guerra fría duró más de cuarenta años. Además de la pugna entre los dos grandes bloques que se formaron después de la derrota del Eje y de las otras vicisitudes de ese período, una polémica conmovió a la clase intelectual y a vastos segmentos de la opinión. Ese debate hacía pensar, a veces, en las disputas teológicas de la Reforma y la Contrarreforma o en las controversias que encendió la Revolución francesa. Sin embargo, hubo una diferencia de monta: las discusiones de la guerra fría fueron más de orden político y moral que filosófico y religioso; no versaron sobre las causas primeras o últimas sino que tuvieron como tema principal una cuestión de *facto*: la verdadera naturaleza del régimen soviético, que se ostentaba como socialista. Fue una polémica necesaria y árida: desenmascaró a la mentira, deshonró a muchos y heló las mentes y los corazones de otros, pero no produjo ideas nuevas. Fue milagroso que en esa atmósfera de litigios y denuncias, de ataques y contraataques, se escribiesen poemas y novelas, se compusiesen conciertos y se pintasen cuadros. No menos milagrosa fue la aparición de escritores y artistas independientes en Rusia, Polonia, Checoslovaquia, Hungría, Rumania y en los otros países esterilizados por la doble opresión del dogmatismo pseudorrevolucionario y del espíritu burocrático. También en América Latina, a pesar de las dictaduras militares y de la obcecación de la mayoría de nuestros intelectuales, enamorados de soluciones simplistas, aparecieron en esos años varios notables poetas y novelistas. Esta época probablemente ha llegado a su fin. Como ya señalé, ha sido un período más de obras y personalidades aisladas que de movimientos literarios y artísticos.

En Occidente se repitió el fenómeno de la primera postguerra: triunfó y se extendió una nueva y más libre moral erótica. Este período presenta dos características que no aparecen en el anterior: una, la participación activa y pública de las mujeres y de los homosexuales; otra, la tonalidad política de las demandas de muchos de esos grupos. Fue y es una lucha por la igualdad de derechos y por el reconocimiento jurídico y social; en el caso de las mujeres, de una condición biológica y social; en el de los homosexuales, de una excepción. Ambas demandas, la igualdad y el reconocimiento de la diferencia, eran y son legítimas; sin embargo, ante ellas los comensales de *El Banquete* platónico se habrían restregado los ojos: el sexo ¿materia de debate político? En el pasado había sido frecuente la fusión entre erotismo y religión: el tantrismo, el taoísmo, los gnósticos; en nuestra época la política absorbe al erotismo y lo transforma: ya no es una pasión sino un derecho. Ganancia y pérdida: se conquista la legitimidad pero desaparece la otra dimensión, la pasional y espiritual. Durante todos estos años se han publicado, según ya dije, muchos artículos, ensayos y libros sobre sexología y otras cuestiones afines, como la sociología y la política del sexo, todas ellas ajenas al tema de estas reflexiones. El gran ausente de la revuelta erótica de este fin de siglo ha sido el amor. Contrasta esta situación con los cambios que introdujeron el neoplatonismo renacentista, la filosofía «libertina» del siglo XVIII o la gran revolución romántica. En lo que sigue espero mostrar algunas de las causas de esta falla, verdadera quiebra que nos ha convertido en inválidos no del cuerpo sino del espíritu.

Ortega y Gasset señaló alguna vez la presencia de ritmos vitales en las sociedades: períodos de culto a la juventud seguidos de otros a la vejez, exaltación de la maternidad y del hogar o del amor libre, de la guerra y la caza o de la vida contemplativa. Me parece que los cambios en la sensibilidad colectiva que hemos vivido en el siglo XX obedecen a un ritmo pendular, a un vaivén entre Eros y Thanatos. Cuando esos cambios de la sensibilidad y el sentimiento coinciden con otros en el dominio del pensamiento y el arte, brotan nuevas concepciones del amor. Se trata de auténticas conjunciones históricas, como se ve en el «amor cortés», para citar sólo un ejemplo. Una ocasión para que se realizase una convergencia de esta índole pudo haber sido la generosa explosión juvenil de 1968. Por desgracia, la revuelta de los estudiantes no poseía ideas propias ni produjo obras originales como la de los otros movimientos del pasado. Su gran mérito fue atreverse, con ejemplar osadía, a proclamar y tratar de llevar a la práctica las ideas libertarias de los poetas y escritores de la primera mitad del siglo. Sartre y otros intelectuales participaron en los mítines y los desfiles pero no fueron actores sino coro: aplaudieron, no inspiraron. 1968 no fue una revolución: fue la representación, la fiesta de la revolución. La ceremonia era real; la deidad invocada, un fantasma. Fiesta de la revolución: nostalgia de la parusía, convocación de la Ausente. Por un instante pareció brillar la luz equívoca y rojiza de Lucifer; pronto se apagó, obscurecida por el humo de las discusiones en los cónclaves de jóvenes puros y dogmáticos. Después, algunos de ellos formaron bandas de terroristas.

En la Unión Soviética y en los países bajo su dominio ocurrió lo contrario: se fortificaron las antiguas prohibiciones y, en nombre de un «progresismo» arcaico, la burocracia volvió a entronizar los preceptos más conservadores y convencionales de la moral de la burguesía del siglo XIX. El arte y la literatura sufrieron la misma suerte: el academicismo, expulsado de la vida artística de Occidente por la vanguardia, se refugió en la «patria del socialismo». Lo más curioso fue encontrar, entre los defensores de la mediocre cultura oficial soviética, a muchos antiguos vanguardistas europeos y latinoamericanos. Nunca se molestaron en explicarnos esta contradicción. También aprobaron sin chistar la legislación reaccionaria de las burocracias comunistas en materia sexual y erótica. Conformismo moral y estético, abyección espiritual.

El imperio comunista fue una fortaleza construida sobre arenas movedizas. Algunos creímos que el régimen estaba amenazado de petrificación; no, su mal era una degeneración del sistema nervioso: la parálisis. Los primeros síntomas se manifestaron a la caída de Kruschev. En menos de treinta años la fortaleza se desmoronó y arrastró en su caída a una construcción más antigua: el imperio zarista. Al Tercer Reich lo aniquilaron la desmesura de Hitler, las bombas de los aliados y la resistencia rusa; a la Unión Soviética lo inestable de sus fundaciones —el carácter heterogéneo del imperio zarista—, la irrealidad del programa social y económico bolchevique y la crueldad de los métodos usados para implantarlo. Además, la rigidez de la doctrina, versión simplista del marxismo, verdadera camisa de fuerza impuesta al pueblo ruso. La rapidez de la caída todavía nos asombra. Pero sigue en pie la gran incógnita que ha sido Rusia desde su aparición en la historia universal hace ya cinco siglos: ¿qué le aguarda a ese pueblo? Y Rusia, ¿qué le tiene guardado al mundo?

El futuro es impenetrable: ésta es la lección que nos han dado las ideologías que pretendían poseer las llaves de la historia. Es cierto que a veces el horizonte se cubre de signos: ¿quién los traza y quién puede descifrarlos? Todos los sistemas de interpretación han fallado. Hay que volver a empezar y hacerse la pregunta que se hicieron Kant y los otros fundadores del pensamiento moderno. Mientras tanto, no me parece temerario denunciar la superstición de la historia. Ha sido y es un gran almacén de novedades, unas maravillosas y otras terribles; también ha sido una inmensa bodega en donde se acumulan las repeticiones y las cacofonías, los disfraces y las máscaras. Después de las orgías intelectuales de este siglo es preciso desconfiar de la historia y aprender a pensar con sobriedad. Ejercicio de desnudez: desechar los disfraces, arrancar las máscaras. ¿Qué ocultan? ¿El rostro del presente? No, el presente no tiene cara. Nuestra tarea es, justamente, darle una cara. El presente es una materia a un tiempo maleable e indócil: parece obedecer a la mano que la esculpe y el resultado es siempre distinto al que imaginábamos. Hay que resignarse pues no nos queda otro recurso: por el solo hecho de estar vivos, tenemos que enfrentarnos al presente y hacer un rostro de esa confusión de líneas y volúmenes. Convertir al presente en presencia. De ahí que la pregunta sobre el lugar del amor en el mundo actual sea, a un tiempo, ineludible y crucial. Escamotearla es, más que una deserción, una mutilación.

Durante muchos años algunos participamos en una batalla que a ratos parecía perdida: defender al presente —informe, imperfecto, manchado por muchos horrores pero depositario de gérmenes de libertad— del sistema totalitario, oculto bajo la máscara del futuro. Cayó al fin la careta y el rostro terrible, al contacto del aire, comenzó a deshacerse como, en el cuento de Poe, se deshicieron las facciones de Mr. Valdemar, vueltas un líquido grisáceo. Las semillas y gérmenes de libertad que defendimos de los totalitarismos de este siglo hoy se secan en las bolsas de plástico del capitalismo democrático. Debemos rescatarlas y esparcirlas por los cuatro puntos cardinales. Hay una conexión íntima y causal entre amor y libertad.

La herencia que nos dejó 1968 fue la libertad erótica. En este sentido el movimiento estudiantil, más que el preludio de una revolución, fue la consagración final de una lucha que comenzó al despuntar el siglo XIX y que prepararon por igual los filósofos libertinos y sus adversarios, los poetas románticos. Pero ¿qué hemos hecho de esa libertad? Veinticinco años después de 1968 nos damos cuenta, por una parte, de que hemos dejado que la libertad erótica haya sido confiscada por los poderes del dinero y la publicidad; por la otra, del paulatino crepúsculo de la imagen del amor en nuestra sociedad. Doble fracaso. El dinero ha corrompido, una vez más, a la libertad. Se me dirá que la pornografía acompaña a todas las sociedades, incluso a las primitivas; es la contrapartida natural de las restricciones y prohibiciones que son parte de los códigos sociales. Y en cuanto a la prostitución: es tan antigua como las primeras ciudades; al principio estuvo asociada a los templos, según puede verse en el poema de Gilgamesh. Así pues, no es nueva la conexión entre la pornografía, la prostitución y el lucro. Tanto las imágenes (pornografía) como los cuerpos (prostitución) han sido siempre y en todas partes objeto de comercio. Entonces, ¿en dónde está la novedad de la situación actual? Contesto: en primer lugar, en las proporciones del fenómeno y, según se verá, en el cambio de naturaleza que ha experimentado. En seguida: se suponía que la libertad sexual acabaría por suprimir tanto el comercio de los cuerpos como el de las imágenes eróticas. La verdad es que ha ocurrido exactamente lo contrario. La sociedad capitalista democrática ha aplicado las leyes impersonales del mercado y la técnica de la producción en masa a la vida erótica. Así la ha degradado, aunque como negocio el éxito ha sido inmenso.

Los pueblos han visto siempre con una mezcla de fascinación y de terror a las representaciones del cuerpo humano. Los primitivos creían que las pinturas y las esculturas eran los dobles mágicos de las personas reales. Todavía en algunos lugares apartados hay aldeanos que se niegan a ser fotografiados porque creen que aquel que se apodera de la imagen de su cuerpo también se apodera de su alma. En cierto modo no se equivocan: hay un lazo indisoluble entre lo que llamamos alma y lo que llamamos cuerpo. Es extraño que en una época en que se habla tanto de derechos humanos, se permita el alquiler y la venta, como señuelos comerciales, de imágenes del cuerpo de hombres y mujeres para su exhibición, sin excluir a las partes más íntimas. Lo escandaloso no es que se trate de una práctica universal y admitida por todos sino que nadie se escandalice: nuestros resortes morales se han entumecido. En muchos pueblos la belleza fue vista como un trasunto de la divinidad; hoy es un signo publicitario. En todas las religiones y en todas las civilizaciones la imagen humana ha sido venerada como sagrada y de ahí que, en algunas, se haya prohibido la representación del cuerpo. Uno de los grandes atractivos de la pornografía consistió, precisamente, en la transgresión de estas creencias y prohibiciones. Aquí interviene el cambio de naturaleza que ha experimentado la pornografía y al que me referí más arriba.

La modernidad desacralizó al cuerpo y la publicidad lo ha utilizado como un instrumento de propaganda. Todos los días la televisión nos presenta hermosos cuerpos semidesnudos para anunciar una marca de cerveza, un mueble, un nuevo tipo de automóvil o unas medias de mujer. El capitalismo ha convertido a Eros en un empleado de Mammon. A la degradación de la imagen hay que añadir la servidumbre sexual. La prostitución es ya una vasta red internacional que trafica con todas las razas y todas las edades, sin excluir, como todos sabemos, a los niños. Sade había soñado con una sociedad de leyes débiles y pasiones fuertes, en donde el único derecho sería el derecho al placer, por más cruel y mortífero que fuese. Nunca se imaginó que el comercio suplantaría a la filosofía libertina y que el placer se transformaría en un tornillo de la industria. El erotismo se ha transformado en un departamento de la publicidad y en una rama del comercio. En el pasado, la pornografía y la prostitución eran actividades artesanales, por decirlo así; hoy son parte esencial de la economía de consumo. No me alarma su existencia sino las proporciones que han asumido y el carácter que hoy tienen, a un tiempo mecánico e institucional. Han dejado de ser transgresiones.

Para comprender nuestra situación nada mejor que comparar dos políticas en apariencia opuestas pero que producen resultados semejantes. Una es la estúpida prohibición de las drogas, que lejos de eliminar su uso, lo ha multiplicado y ha hecho del narcotráfico uno de los grandes negocios del siglo XX; un negocio tan grande y poderoso que desafía a todas las policías y amenaza la estabilidad política de algunas naciones. Otra, la licencia sexual, la moral permisiva: ha degradado a Eros, ha corrompido a la imaginación humana, ha resecado las sensibilidades y ha hecho de la libertad sexual la máscara de la esclavitud de los cuerpos. No pido el regreso de la odiosa moral de las prohibiciones y los castigos: señalo que los poderes del dinero y la moral del lucro han hecho de la libertad de amar una servidumbre. En este dominio, como en tantos otros, las sociedades modernas se enfrentan a contradicciones y peligros que no conocieron las del pasado.

La degradación del erotismo corresponde a otras perversiones que han sido y son, diría, el tiro por la culata de la modernidad. Basta con citar unos cuantos ejemplos: el mercado libre, que abolió el patrimonialismo y las alcabalas, tiende continuamente a producir enormes monopolios que son su negación; los partidos políticos, órganos de la democracia, se han transformado en aplanadoras burocráticas y en poderosos monipodios; los medios de comunicación corrompen los mensajes, cultivan el sensacionalismo, desdeñan las ideas, practican una censura disimulada, nos inundan de noticias triviales y escamotean la verdadera información. ¿Cómo extrañarse entonces de que la libertad erótica hoy designe a una servidumbre? Repito: no propongo que se supriman las libertades; pido, y no soy el único en pedirlo, que cese la confiscación de nuestras libertades por los poderes de lucro. Ezra Pound resumió admirablemente nuestra situación en tres líneas:

They have brought whores for Eleusis.
Corpses are set to banquet
at behest of usura.

La muerte es inseparable del placer, Thanatos es la sombra de Eros. La sexualidad es la respuesta a la muerte: las células se unen para formar otra célula y así perpetuarse. Desviado de la reproducción, el erotismo crea un dominio aparte regido por una deidad doble: el placer que es muerte. Es lo contrario de una casualidad que los cuentos de *El Decamerón*, gran elogio del placer carnal, sean precedidos por la descripción de la peste que asoló a Florencia en 1348; tampoco que un novelista hispanoamericano, Gabriel García Márquez, haya escogido como el lugar y la fecha de una novela de amor precisamente la malsana Cartagena en los días de la epidemia del cólera. Hace unos pocos años el sida apareció de improviso entre nosotros, con la misma silenciosa alevosía con que se presentó antes la sífilis.[1] Pero hoy estamos menos preparados para enfrentarnos a esa enfermedad que hace cinco siglos. En primer lugar, por nuestra fe en la medicina moderna, una fe que linda con la credulidad supersticiosa; en seguida, porque nuestras defensas morales y psico-

1. La mayoría de los especialistas desechan hoy la teoría de los orígenes americanos de la sífilis. Pero es un hecho que los europeos tuvieron conciencia clara de esta enfermedad —antes probablemente confundida con la lepra— después de los viajes de Colón. También es un hecho comprobado la existencia de la sífilis en América antes de la llegada de los europeos.

lógicas se han debilitado. A medida que la técnica domina a la naturaleza y nos separa de ella, crece nuestra indefensión ante sus ataques. Era una diosa donadora, como todas las grandes divinidades, de vida y de muerte; hoy es un conjunto de fuerzas, un depósito de energía que podemos dominar, canalizar y explotar. Dejamos de temerla y creímos que era nuestra servidora. De pronto, sin aviso, nos muestra su otro rostro, el de la muerte. Tenemos que aprender, otra vez, a mirar a la naturaleza. Esto implica un cambio radical en nuestras actitudes.

No sé si la ciencia encontrará pronto una vacuna contra el sida. Ojalá. Pero lo que deseo subrayar es nuestra indefensión psicológica y moral frente a esa enfermedad. Es claro que las medidas profilácticas —el uso del condón y otras— son indispensables; también es claro que no bastan. El contagio está ligado a la conducta, de modo que en la propagación del mal interviene la responsabilidad de cada individuo. Olvidar esto sería hipócrita y nefasto. Un especialista de estas cuestiones escribe: «la historia de la humanidad muestra que ninguna enfermedad se ha logrado eliminar únicamente por los tratamientos. Nuestra única esperanza para lograr frenar el sida descansa en la prevención. Puesto que es poco probable que podamos disponer en un futuro cercano de una vacuna que se pueda aplicar a toda la población, la única vacuna de que disponemos por ahora es la educación».[2] Ahora bien, nuestra sociedad carece hoy de autoridad moral para predicar la continencia, para no hablar de la castidad. El Estado moderno, con

2.   Mervyn F. Silverman, de la American Foundation for AIDS Research. Citado por los doctores Samuel Ponce de León y Antonio Lazcano Araujo, en «¿Quo vadis Sida?», ensayo publicado en *La Jornada Semanal*, México, 11 de abril de 1993.

buenas y malas razones, se abstiene hasta donde le es posible de legislar sobre estas materias. Al mismo tiempo la moral familiar, generalmente asociada a las creencias religiosas tradicionales, se ha desmoronado. ¿Y con qué cara podrían proponer la moderación los medios de comunicación que inundan nuestras casas con trivialidades sexuales? En cuanto a nuestros intelectuales y pensadores: ¿en dónde encontraremos entre ellos a un Epicuro, para no hablar de un Séneca? Quedan las Iglesias. En una sociedad secular como la nuestra, no es bastante. En verdad, fuera de la moral religiosa, que no es aceptable para muchos, el amor es el mejor defensor en contra del sida, es decir, en contra de la promiscuidad. No es un remedio físico, no es una vacuna: es un paradigma, un ideal de vida fundado en la libertad y en la entrega. Un día se encontrará la vacuna contra el sida pero, si no surge una nueva ética erótica, continuará nuestra indefensión frente a la naturaleza y sus inmensos poderes de destrucción. Creíamos que éramos los dueños de la tierra y los señores de la naturaleza; ahora estamos inermes ante ella. Para recobrar la fortaleza espiritual debemos antes recobrar la humildad.

El fin del comunismo nos obliga a ver con mayor rigor crítico la situación moral de nuestras sociedades. Sus males no son exclusivamente económicos sino, como siempre, políticos, en el buen sentido de la palabra. O sea: morales. Tienen que ver con la libertad, la justicia, la fraternidad y, en fin, con lo que llamamos comúnmente valores. En el centro de esas ideas y creencias está la noción de persona. Es el fundamento de nuestras instituciones políticas y de nuestras ideas sobre lo que deben ser la justicia, la solidaridad y la convivencia social. La noción de persona se confunde con la de libertad. No es fácil definir a esta última. Desde el nacimiento de la filosofía se debate el tema: ¿cuál es el sitio de la libertad en un universo regido por leyes inmutables? Y en el caso de las filosofías que admiten la contingencia y el accidente: ¿qué sentido tiene la palabra libertad? Entre el azar y la necesidad, ¿hay un lugar para la libertad? Estas cuestiones rebasan los límites de este ensayo y aquí me limito a decir mi creencia: la libertad no es un concepto aislado ni se le puede definir aisladamente; vive en relación permanente con otro concepto sin el cual no existiría: la necesidad. A su vez, ésta es impensable sin la libertad: la necesidad se sirve de la libertad para realizarse y la libertad sólo existe frente a la necesidad. Esto lo vieron los trágicos griegos con mayor claridad que los filósofos. Desde entonces, los teólogos no han cesado de discutir sobre la relación entre la predestinación y el albedrío; los científicos modernos han vuelto sobre el tema y un notable cosmólogo contemporáneo, Stephen Hawking, ha llamado a los «agujeros negros» una *singularidad* física, es decir, una excepción o accidente. Así pues, hay lugares del espacio-tiempo donde cesan las leyes que rigen al universo. Si se somete esta idea a una crítica rigurosa, resulta impensable o inconsistente. Se parece a las antinomias de Kant, que él juzgaba insolubles. Sin embargo, los «agujeros negros» existen. Pues del mismo modo: la libertad existe. A sabiendas de que enunciamos una paradoja, podemos decir que la libertad es una dimensión de la necesidad.

Sin libertad no hay lo que llamamos *persona*. ¿La hay sin alma? Para la mayoría de los científicos y para muchos de nuestros contemporáneos, el alma ha desaparecido como una entidad independiente del cuerpo. La juzgan una noción innecesaria. Pero al mismo tiempo que decretan su desaparición, el alma reaparece no fuera sino precisamente dentro del cuerpo: los atributos de la antigua alma, como el pensamiento y sus facultades, se han convertido en propiedades del cuerpo. Basta con hojear un tratado de psicología moderna y de las nuevas disciplinas *cognoscitivas* para advertir que el cerebro y otros órganos poseen hoy casi todas las facultades del alma. El cuerpo, sin dejar de ser cuerpo, se ha vuelto alma. Volveré sobre este punto al final de este ensayo. Por lo pronto señalo que, desde un punto de vista estrictamente científico, hay todavía varios problemas que no han sido resueltos. El primero y central es explicar y describir el salto de lo físico-químico al pensamiento. La lógica hegeliana había encontrado una explicación, probablemente quimérica: el salto dialéctico de lo cuantitativo a lo cualitativo. La ciencia, con razón, no es partidaria de estos *passe-partout* lógicos pero tampoco ha encontrado una explicación realmente convincente del supuesto origen físico-químico del pensamiento.

Las consecuencias de esta manera de pensar han sido funestas. El eclipse del alma ha provocado una duda que no me parece exagerado llamar ontológica sobre lo que es o puede ser realmente una persona humana. ¿Es mero cuerpo perecedero, un conjunto de reacciones físico-químicas? ¿Es una máquina, como piensan los especialistas de la «inteligencia artificial»? En uno u otro caso, es un ente o, más bien, un producto que, si llegásemos a tener los conocimientos necesarios, podríamos reproducir e incluso mejorar a voluntad. La persona humana, que había dejado de ser el trasunto de la divinidad, ahora también deja de ser un resultado de la evolución natural e ingresa en el orden de la producción industrial: es una fabricación. Esta concepción destruye la noción de persona y así amenaza en su centro mismo a los valores y creencias que han sido el fundamento de nuestra civilización y de nuestras instituciones sociales y políticas. Así pues, la confiscación del erotismo y del amor por los poderes del dinero es apenas un aspecto del ocaso del amor; el otro es la evaporación de su elemento constitutivo: la persona. Ambos se completan y abren una perspectiva sobre el posible futuro de nuestras sociedades: la barbarie tecnológica.

Desde la Antigüedad grecorromana, a pesar de los numerosos cambios de orden religioso, filosófico y científico, habíamos vivido en un universo mental relativamente estable pues reposaba sobre dos poderes en apariencia inconmovibles: la materia y el espíritu. Eran dos nociones a un tiempo antitéticas y complementarias. Una y otra, desde el Renacimiento, comenzaron a vacilar. En el siglo XVIII uno de los pilares, el espíritu, comenzó a desmoronarse. Paulatinamente abandonó, primero, al cielo y, después, a la tierra; dejó de ser la primera causa, el principio originador de todo lo que existe; casi al mismo tiempo, se retiró del cuerpo y de las conciencias. El alma, el *pneuma*, como decían los griegos, es un soplo y, soplo al fin, se volvió aire en el aire. Psiquis volvió a su patria lejana, la mitología. Más y más, a través de distintas hipótesis y teorías, pensamos que el alma depende del cuerpo o, más exactamente, que es una de sus funciones. El otro término, la antigua materia, límite extremo del cosmos para Plotino, también se ha ido desvaneciendo. Ya no es ni substancia ni nada que podamos oír, ver o tocar: es energía que, a su vez, es tiempo que se espacializa, espacio que se resuelve en duración. El alma se ha vuelto corpórea; la materia, insubstancial. Doble ruptura que nos ha encerrado dentro de una suerte de paréntesis: nada de lo que vemos parece ser de verdad y es invisible aquello que es de verdad. La realidad última no es una presencia sino una ecuación. El cuerpo ha dejado de ser algo sólido, visible y palpable: ya no es sino un complejo de funciones; y el alma se ha identificado con esas funciones. La misma suerte han corrido los objetos físicos, desde las moléculas hasta los astros. Al contemplar el cielo nocturno, los antiguos veían en las figuras de las constelaciones una geometría animada: el orden mismo; para nosotros, el universo ha dejado de ser un espejo o un arquetipo. Todos estos cambios han alterado a la idea del amor al grado de volverla, como el alma y como la materia, incognoscible.

Para los antiguos, el universo era la imagen visible de la perfección; en la noción circular de los astros y los planetas, Platón veía la figura misma del ser y del bien. Reconciliación del movimiento y la identidad: el girar de los cuerpos celestes, lejos de ser cambio y accidente, era el diálogo del ser consigo mismo. Así, el mundo sublunar, nuestra tierra —región del accidente, la imperfección y la muerte— tenía que imitar al orden celeste: la sociedad de los hombres debería copiar a la sociedad de los astros. Esta idea alimentó al pensamiento político de la Antigüedad y del Renacimiento; la encontramos en Aristóteles y en los estoicos, en Giordano Bruno y en Campanella. El último que vio en el cielo el modelo de la ciudad de los justos fue Fourier, que tradujo la atracción newtoniana a términos sociales: en Harmonía la atracción pasional y no el interés regiría las relaciones humanas. Pero Fourier fue una excepción: ninguno de los grandes pensadores políticos del siglo XIX y del XX se han inspirado en la física y en la astronomía modernas. La situación fue muy claramente descrita y resumida por Einstein: «la política es para el momento, la ecuación para la eternidad». Interpreto sus palabras así: el puente entre la eternidad y el tiempo, el espacio estelar y el espacio humano, el cielo y la historia, se ha roto. Estamos solos en el universo. Pero para Einstein el universo aún poseía una figura, era un orden. También esa creencia hoy se tambalea y la física cuántica postula un universo *otro* dentro del universo. Si hemos de creer a la ciencia contemporánea, el universo está en expansión, es un mundo que se dispersa. La sociedad moderna también es una sociedad errante. Somos hombres errantes en un mundo errante.

Al obscurecimiento de la antigua imagen del mundo corresponde el ocaso de la idea de alma. En la esfera de las relaciones humanas la desaparición del alma se ha traducido en una paulatina pero irreversible desvalorización de la persona. Nuestra tradición había creído que cada hombre y cada mujer era un ser único, irrepetible; los modernos los vemos como órganos, funciones y procesos. Las consecuencias han sido terribles. El hombre es un ser carnicero y un ser moral: como todos los animales vive matando pero para matar necesita una doctrina que lo justifique. En el pasado, las religiones y las ideologías le suministraron toda clase de razones para asesinar a sus semejantes. Sin embargo, la idea de alma fue una defensa contra el homicidio de los Estados y las Inquisiciones. Se dirá: defensa débil, frágil, precaria. Aunque no lo niego, agrego: defensa al fin. El primer argumento en favor de los indios americanos fue afirmar que eran criaturas con alma: ¿quién podría ahora repetir, con la misma autoridad, el argumento de los misioneros españoles? En la gran polémica que conmovió a las conciencias en el siglo XVI, Bartolomé de las Casas se atrevió a decir: estamos aquí, en América, no para sojuzgar a los nativos sino para convertirlos y salvar sus almas. En una época dominada por la idea de cruzada, que justificaba a la conquista por la conversión forzada de los infieles, la noción de alma fue un escudo contra la codicia y la crueldad de los esclavistas. El alma fue el fundamento de la naturaleza sagrada de cada persona. Porque tenemos alma, tenemos albedrío: facultad para escoger.

Se ha dicho que nuestro siglo puede ver con desdén a los asirios, a los mongoles y a todos los conquistadores de la historia: las matanzas de Hitler y de Stalin no tienen paralelo. Se ha dicho menos, sin embargo, que hay una relación directa entre la concepción que reduce la persona a un mero mecanismo y los campos de concentración. Con frecuencia se compara a los Estados totalitarios del siglo XX con la Inquisición. La verdad es que ésta sale bien parada con la comparación; ni en los momentos más sombríos de su furor dogmático, los inquisidores olvidaron que sus víctimas eran personas: querían matar al cuerpo y salvar, si era posible, el alma. Comprendo que esta idea nos parezca horrible pero ¿qué decir de los millones que, en los campos del Gulag, perdieron el alma antes de perder el cuerpo? Pues lo primero que hicieron con ellos fue convertirlos en categorías ideológicas; o sea, para emplear el eufemismo moderno: los «expulsaron del discurso histórico»; después, los eliminaron. La «historia» fue la piedra de toque: estar fuera de la historia era perder la identidad humana. La deshumanización de las víctimas, por lo demás, correspondía a la deshumanización de los verdugos; se veían a sí mismos no tanto como pedagogos del género humano sino como ingenieros. Sus cortesanos llamaron a Stalin «ingeniero de almas». En realidad las palabras *víctima* y *verdugo* no pertenecen al vocabulario del totalitarismo, que sólo conocía términos como raza y clase, instrumentos y agentes de una supuesta mecánica y física de la historia. La dificultad para definir el fenómeno totalitario consiste en que no se le pueden aplicar las antiguas categorías políticas, como tiranía, despotismo, cesarismo y otras por el estilo. De ahí la frecuencia del término *ingeniero* en la época de Stalin. La razón es clara: el Estado totalitario fue, literalmente, el primer poder *desalmado* en la historia de los hombres.

Parecerá extraño que me haya referido a la historia política moderna al hablar del amor. La extrañeza se disipa apenas se repara en que amor y política son los dos extremos de las relaciones humanas: la relación pública y la privada, la plaza y la alcoba, el grupo y la pareja. Amor y política son dos polos unidos por un arco: la persona. La suerte de la persona en la sociedad política se refleja en la relación amorosa y viceversa. La historia de Romeo y Julieta es ininteligible si se omiten las querellas señoriales en las ciudades italianas del Renacimiento y lo mismo sucede con la de Larisa y Zhivago fuera del contexto de la revolución bolchevique y la guerra civil. Es inútil citar más ejemplos. Todo se corresponde. La relación entre amor y política está presente a lo largo de la historia de Occidente. En la Edad Moderna, desde la Ilustración, el amor ha sido un agente decisivo tanto en el cambio de la moral social y las costumbres como en la aparición de nuevas prácticas, ideas e instituciones. En todos estos cambios —pienso sobre todo en dos grandes momentos: el romanticismo y la primera postguerra— la persona humana fue la palanca y el eje. Cuando hablo de persona humana no evoco una abstracción: me refiero a una totalidad concreta. He mencionado una y otra vez a la palabra alma y me confieso culpable de una omisión: el alma, o como quiera llamarse a la psiquis humana, no sólo es razón e intelecto: también es una *sensibilidad*. El alma es cuerpo: sensación; la sensación se vuelve afecto, sentimiento, pasión. El elemento afectivo nace del cuerpo pero es algo más que la atracción física. El sentimiento y la pasión son el centro, el corazón del alma enamorada. Como pasión y no sólo como idea, el amor ha sido revolucionario en la Edad Moderna. El romanticismo no nos enseñó a pensar: nos enseñó a sentir. El crimen de los revolucionarios modernos ha sido cercenar del espíritu revolucionario al elemento afectivo. Y la gran miseria moral y espiritual de las democracias liberales es su insensibilidad afectiva. El dinero ha confiscado al erotismo porque, antes, las almas y los corazones se habían secado.

Aunque el amor sigue siendo el tema de los poetas y novelistas del siglo XX, está herido en su centro: la noción de persona. La crisis de la idea del amor, la multiplicación de los campos de trabajo forzado y la amenaza ecológica son hechos concomitantes, estrechamente relacionados con el ocaso del alma. La idea del amor ha sido la levadura moral y espiritual de nuestras sociedades durante un milenio. Nació en un rincón de Europa y, como el pensamiento y la ciencia de Occidente, se universalizó. Hoy amenaza con disolverse; sus enemigos no son los antiguos, la Iglesia y la moral de la abstinencia, sino la promiscuidad, que lo transforma en pasatiempo, y el dinero, que lo convierte en servidumbre. Si nuestro mundo ha de recobrar la salud, la cura debe ser dual: la regeneración política incluye la resurrección del amor. Ambos, amor y política, dependen del renacimiento de la noción que ha sido el eje de nuestra civilización: la persona. No pienso en un imposible regreso a las antiguas concepciones del alma;

creo que, so pena de extinción, debemos encontrar una visión del hombre y de la mujer que nos devuelva la conciencia de la singularidad y la identidad de cada uno. Visión a un tiempo nueva y antigua, visión que vea, en términos de hoy, a cada ser humano como una criatura única, irrepetible y preciosa. Toca a la imaginación creadora de nuestros filósofos, artistas y científicos redescubrir no lo más lejano sino lo más íntimo y diario: el misterio que es cada uno de nosotros. Para reinventar al amor, como pedía el poeta, tenemos que inventar otra vez al hombre.

RODEOS HACIA UNA CONCLUSIÓN

En su origen, en la antigua Grecia, las fronteras entre las ciencias y la filosofía eran indiscernibles; los primeros filósofos fueron también y sin contradicción físicos, biólogos, cosmólogos. El ejemplo mejor es el de Pitágoras: matemático y fundador de un movimiento filosófico-religioso. Un poco más tarde comienza la separación y Sócrates la consuma: la atención de los filósofos se desplaza hacia el hombre interior. El objeto filosófico por excelencia, más que la naturaleza y sus misterios, fue el alma humana, los enigmas de la conciencia, las pasiones y la razón. Sin embargo, no decreció el interés por la *physis* y los secretos del cosmos: Platón cultivó las matemáticas y la geometría; Aristóteles se interesó en las ciencias biológicas; Demócrito y el atomismo; los estoicos elaboraron un sistema cosmológico que tiene aspectos extrañamente modernos... Con el fin del mundo antiguo se precipitó la separación; en la Edad Media las ciencias apenas si se desarrollan y fueron más prácticas que teóricas, mientras que la filosofía se convirtió en sierva del saber supremo, la teología. En el Renacimiento comienza, de nuevo, la unión entre el saber científico y la especulación filosófica.

La alianza no duró mucho: las ciencias conquistaron paulatinamente su autonomía, se especializaron y cada una se constituyó como un saber separado; la filosofía, por su parte, se transformó en un discurso teórico general, sin bases empíricas, desdeñoso de los saberes particulares y alejado de las ciencias. El último gran diálogo entre la ciencia y la filosofía fue el de Kant. Sus sucesores dialogaron con la historia universal, como Hegel, o con ellos mismos, como Schopenhauer y Nietzsche. El discurso filosófico se volvió sobre sí mismo, examinó sus fundamentos y se interrogó: crítica de la razón, crítica de la voluntad, crítica de la filosofía y, en fin, crítica del lenguaje. Pero los territorios que la filosofía abandonaba, las ciencias lo iban ocupando, del espacio cósmico al espacio interior, de los átomos y los astros a las células y de éstas a las pasiones, las voliciones y el pensamiento.

A medida que las ciencias se constituían y fijaban los territorios de su competencia, se desplegaba un doble proceso: primero, la progresiva especialización de los conocimientos; después, en dirección contraria, la aparición de líneas de convergencia y de puntos de intersección entre las diversas ciencias. Por ejemplo, entre la física y la química o entre la química y la biología. Por una parte, los límites de cada especialidad, el *hasta aquí* llega esta o aquella disciplina; por la otra, el *desde aquí* comienza un nuevo territorio que, para ser explorado, necesita del concurso de dos o más ciencias. En el último medio siglo se ha acelerado este proceso de cruzamiento de distintas disciplinas: el elemento *tiempo*, que había jugado un papel secundario, sobre todo en la física y la astronomía, se convirtió en un factor determinante. Primero, la relatividad de Einstein imprimió movimiento, por decirlo así, al universo de Newton, en el que el espacio y el tiempo eran invariantes. Después, la hipótesis del *big-bang* (o como la llama acertadamente Jorge Hernández Campos: *gran-pum*) introdujo al tiempo en la especulación científica: si el universo tuvo un comienzo, también tendrá, inexorablemente, un fin. O sea: el cosmos tiene una historia y uno de los objetos de la ciencia es conocer esa historia y contarla. La física se volvió crónica del cosmos. Nuevas preguntas se dibujaron en el horizonte, cuestiones que la ciencia, desde Newton, había desdeñado, tales como el origen del universo, su fin probable y la dirección de la flecha del tiempo: ¿está obligada a seguir la curvatura del espacio y así a volver sobre sí misma? Estas cuestiones, provocadas por el desarrollo mismo de la física, son sin duda legítimamente científicas; asimismo, son de orden filosófico: «la cosmología contemporánea», dice un especialista, «es una cosmología especulativa».[1] Intersección de la ciencia más moderna y de la más antigua filosofía: las preguntas que hoy se hacen los científicos se las hicieron, hace dos mil quinientos años, los filósofos jónicos, fundadores del pensamiento occidental. Sometidas a la rigurosa crítica de la ciencia, estas preguntas hoy regresan y son tan actuales como en los albores de nuestra civilización. Ahora bien, si las preguntas que hoy se hacen los cosmólogos son las mismas del principio: ¿lo son sus respuestas?

Entre los libros que sobre estos asuntos los legos hemos podido leer con mayor provecho se encuentra el de Steve Weinberg: *The First Three Minutes* (1977). Ciencia e historia: este libro es el relato más comprensible, claro e inteligente de los tres minutos que sucedieron al *big-bang*. Todo lo que ha pasado en el cosmos desde hace millones

1. Alam Lightman y Roberta Brower, *Origins*, Harvard University Press, 1990.

de millones de años es una consecuencia de ese *fiat-lux* instantáneo. Pero ¿qué pasó o qué había antes? Como la Biblia y otros textos religiosos y mitológicos, los científicos nada nos dicen acerca de lo que hubo o sucedió antes del comienzo. Weinberg dice que sobre esto nada se sabe y que, además, nada se puede decir. Tiene razón. Pero su prudencia nos enfrenta a un enigma lógico y ontológico que ha hecho vacilar todas las certidumbres filosóficas: ¿qué es la nada? Pregunta contradictoria y que contiene su anulación: es imposible que la nada sea algo, porque si fuese esto o aquello no sería, dejaría de ser nada. Pregunta insensata y cuya única respuesta es el silencio… que tampoco es una respuesta.

Afirmación inobjetable: nada se puede decir de la nada. No obstante, postular a la nada, al no-ser, como anterior al ser, según se deduce de la hipótesis del *bigbang*, es afirmar algo igualmente contradictorio: la nada es el origen del ser. Esta afirmación nos lleva directamente a la sentencia que es el fundamento religioso, no racional, del judeo-cristianismo: en el principio Dios creó al mundo de la nada. La respuesta religiosa, introduce un tercer enigma entre el enigma que es el no-ser y el enigma que es el ser: Dios. Pero la hipótesis científica es aún más misteriosa que la Biblia: omite al agente creador. Confieso que me parece más razonable, aunque me deja igualmente perplejo e insatisfecho, la creencia religiosa: un agente creador, Dios, que es el sumo ser, saca de sí mismo a la nada. Desde un punto de vista estrictamente lógico, la hipótesis científica es menos consistente que la creencia religiosa: ¿cómo sin un creador todopoderoso pudo emerger el ser del no-ser? Los filósofos paganos acogieron con una comprensible sonrisa de incredulidad la idea judía y cristiana de un Dios que hace de la nada un mundo: ¿cuál habría sido su reacción ante la hipótesis de un universo que brota repentinamente de la nada, sin causa y movido por sí mismo?

Ante la imposibilidad lógica y ontológica de deducir al ser de la nada, Platón imaginó un demiurgo que, mezclando los elementos preexistentes, había creado o, más exactamente, recreado al mundo. El demiurgo se inspiró en las ideas y las formas eternas. El mundo y nosotros somos copias, trasuntos, reflejos de la realidad eterna. Por su parte, Aristóteles concibió un *motor inmóvil*, lo que fue una pequeña contradicción —¿cómo puede ser inmóvil un motor?— aunque menos flagrante que la de la Biblia. Tal vez para esquivar estos escollos, varios científicos modernos, entre ellos Hawking, piensan que probablemente, antes del *big-bang*, lo que sería después el universo era una «singularidad» cósmica, una suerte de «agujero negro» primordial. Los «agujeros negros» no están regidos por las leyes del espacio-tiempo cósmico sino por los principios de la física cuántica, es decir, por el principio de indeterminación. Las «singularidades» de Hawking y de otros recuerdan inmediatamente al caos original de la mitología griega. Esta idea fue recogida y reelaborada con gran sutileza por los neoplatónicos; para Plotino fue la imagen invertida del Uno: lo Múltiple. Pero así como del Uno nada se puede decir, ni siquiera que es, pues está antes del ser y el no-ser, tampoco se puede decir nada de lo Múltiple: cada una de las propiedades que lo definen al mismo tiempo lo niegan. El caos de los neoplatónicos es una hermosa premonición de los «agujeros negros» de la física contemporánea.

La hipótesis de un «agujero negro» primordial es más consistente que las otras; en el principio había algo: el caos. Esta idea nos conduce a otra: si el comienzo fue una excepción o singularidad (el caos), y si se acepta que todo aquello que tiene un comienzo tiene también un fin, es claro que el universo acabará por volver al estado original y se convertirá en un «agujero negro». Un «agujero negro» es materia reconcentrada, máxima entropía: en cierto momento de su condensación, está destinado a estallar en un *big-bang* y a recomenzar todo de nuevo. Esta hipótesis nos recuerda a los estoicos, que habían imaginado una sucesión de creaciones y destrucciones: del caos primordial al universo, del universo como un sistema hecho de afinidades y repulsiones a una colisión que produciría un incendio cósmico y de esta conflagración universal al recomienzo del ciclo... Este pequeño recorrido nos revela que la moderna cosmología especulativa regresa continuamente a las respuestas que nuestra tradición filosófica y religiosa ha dado a las preguntas sobre el comienzo del mundo.

Con extraordinaria presunción, algunos filósofos han decretado la muerte de la filosofía. Para Hegel, la filosofía se había «realizado» en su sistema; para su continuador, Marx, había sido sobrepasada por la dialéctica materialista (Engels sostuvo el fin de la «cosa en sí» kantiana, resuelta en producción social por la acción del trabajo humano); Heidegger acusó a la metafísica de «ocultar al ser»; otros hablaron de la «miseria de la filosofía». Con la misma arrogancia hoy podría hablarse de la «miseria de la ciencia». No lo creo. Mejor dicho: creo lo contrario. La gran lección filosófica de la ciencia contemporánea consiste, precisamente, en habernos mostrado que las preguntas que la filosofía ha cesado de hacerse desde hace dos siglos —las preguntas sobre el origen y el fin— son las que de verdad cuentan. Las ciencias, gracias a su prodigioso desarrollo, tenían que enfrentarse a esos temas en algún momento; ha sido una bendición para nosotros que ese momento haya sido nuestro tiempo. Es una de las pocas cosas, en este crepuscular fin de siglo, que enciende en nuestro ánimo una pequeña luz de esperanza. En 1954, en una carta a un colega, Einstein decía: «el físico no es sino un filósofo que se interesa en ciertos casos particulares; de otro modo no sería sino un técnico». Podría añadirse que esos casos particulares, en el transcurso de una generación, han revelado ser los centrales. En otra ocasión, al hablar de sí mismo y de su obra, Einstein escribió: «Yo no soy realmente un físico sino un filósofo e incluso un metafísico.» Si esta frase hubiese sido escrita ahora, tal vez Einstein la habría formulado de un modo ligeramente distinto: «Soy un físico y por eso mismo soy filósofo e incluso un metafísico.» Juicio perfectamente aplicable a los cosmólogos especulativos contemporáneos.

La pregunta sobre el origen reaparece en el dominio de la biología. ¿Cuándo y cómo comenzó la vida en la tierra? Para responder a esta pregunta es necesario, de nuevo, el concurso de varias disciplinas: la física y la astronomía, la geología, la química, la genética. La mayoría de los entendidos piensan que la aparición sobre la tierra del fenómeno que llamamos vida tiene algo de milagroso. Con lo cual quieren decir que es difícilmente explicable, de tal modo son numerosos y complejos los factores físico-químicos y ambientales que deben reunirse para que, espontáneamente y sin la acción de un agente externo, pueda producirse la vida. Uno de los más notables geneticistas contemporáneos, Francis Crick, que obtuvo el Premio Nobel en 1962 por su descubrimiento, con James Watson y Maurice Wilkins, de la estructura molecular del DNA, ha dedicado un libro a este tema: *Life itself, its Origins and*

Nature (1981).[2] Crick comienza por decirnos que es casi imposible que la vida sea oriunda de nuestro planeta: hay que buscar fuera su origen. ¿Dónde? Desde luego no en el sistema solar, por razones obvias, sino en otro sistema análogo al nuestro. ¿En nuestra galaxia o en otra? Crick no lo específica. Tampoco pretende localizar el lugar de su aparición —sería imposible— ni describe cómo pudo haber surgido la vida en ese incógnito planeta. Simplemente supone que allá, cualquiera que haya sido ese *allá*, las condiciones fueron más favorables que en la tierra. Pero ¿cómo llegó la vida al globo terrestre? Debido a las distancias que separan unos de otros a los soles y a las galaxias, sería imposible que criaturas vivas, incluso dueñas de una longevidad varias veces superior a la nuestra, pudiesen llegar a la tierra y plantar las primeras semillas de vida. Un viaje de esa naturaleza tendría una duración de miles de millones de años terrestres. Años antes de Crick, en 1903, frente a dificultades semejantes, otro Premio Nobel, el físico sueco S. A. Arrhenius, había ideado una ingeniosa hipótesis: nubes de esporas flotantes, venidas del espacio exterior, habían caído en la tierra cuando nuestro globo era lo que, con expresión pintoresca, los científicos llaman un «caldo de cultivo» favorable a la reproducción de bacterias y otros organismos elementales. Arrhenius llamó a su hipótesis: *Panespermia*. Crick recogió esta idea, la modificó y la desarrolló en una curiosa mezcla de especulación lógica y de fantasía.

La hipótesis de Arrhenius tenía un defecto: la inmensidad de las distancias y las inclemencias del espacio

2.   He comentado el libro de Crick en un pequeño ensayo de 1982: «Inteligencias extraterrestres y demiurgos, bacterias y dinosaurios». Este texto fue recogido en *Sombras de obras* (1985).

habrían destruido a las nubes de frágiles esporas mucho antes de que hubiesen podido acercarse a nuestro planeta. De deducción en deducción Crick llegó a una conclusión lógicamente irreprochable: las bacterias tenían que haber llegado a la tierra en vehículos herméticamente cerrados e invulnerables a las lluvias de asteroides y a las otras inclemencias del espacio exterior. De las naves estelares a sus constructores no había sino un paso: una civilización, en un momento muy alto de su evolución, había decidido propagar la vida entre los planetas de otros sistemas. Crick no dice cómo esos sabios y filantrópicos seres lograron averiguar las condiciones de la tierra y de los otros planetas que escogieron. En cambio, supone que esta decisión fue tomada cuando aquellos sabios descubrieron que su civilización y ellos mismos estaban condenados a la extinción. Entonces, en un acto de filantropía cósmica destinado no a salvarlos a ellos sino a la vida misma, idearon transportar los gérmenes vitales a otros planetas en naves inmunes a las vicisitudes de un viaje tan azaroso. ¿Por qué las bacterias? Por ser los únicos organismos que, preservados en un medio favorable, podrían reproducirse indefinidamente y resistir así la duración de un viaje interestelar. Ya en tierra, las bacterias repetirían los pasos de la evolución natural, que las llevarían a la aparición de la especie humana y, un poco más tarde, al momento en que Crick escribiría su libro, en el que expondría su teoría: *Panespermia dirigida*.

El libro de Crick es sorprendente por varias razones. Dos de ellas son su rigor deductivo y su nobleza moral. Sin embargo, tiene algunas inconsistencias, como el episodio de los dinosaurios. Fueron los reyes de la tierra durante más de seiscientos millones de años y todavía lo seguirían siendo si no hubiese sido por su súbita extinción, aún no explicada del todo. Algunos especialistas dudan que la causa de la desaparición de los gigantescos saurios haya sido la caída de un aerolito que obscureció a la tierra, acabó con la vegetación y, así, los privó de alimento. En fin, cualquiera que haya sido la causa, ¿qué habría ocurrido si los saurios no hubiesen perecido?, ¿qué rumbo habría tomado la evolución? El episodio de los dinosaurios significa la intervención del azar y del accidente en el fundamento mismo de las ciencias biológicas: la evolución natural. Su extinción súbita era imprevisible. Así pues, la aparición de la inteligencia humana sobre el planeta, se debe a un accidente. La introducción del factor tiempo en la biología la convierte en historia. Y ya se sabe, la historia es impredecible. Somos hijos del azar.

Crick no se hace estas preguntas pero, como en el caso de las cosmologías especulativas, es imposible no advertir sus involuntarias, no buscadas coincidencias con las hipótesis y doctrinas de la Antigüedad sobre estos temas. La civilización extraterrestre de Crick tiene más de un parecido con el demiurgo de Platón o con los de varias sectas gnósticas de los primeros siglos de nuestra era. Los extraterrestres no crearon a la vida; así Crick esquiva el escollo lógico de sacar de la nada al ser; como el demiurgo del *Timeo*, usan los elementos ya existentes, los combinan y los lanzan al espacio: las bacterias descienden a la tierra como las almas de Platón. Pero hay una diferencia substancial: el demiurgo no da la vida por nosotros, mientras que la civilización extraterrestre, en trance de morir, envía al espacio sus mensajeros de vida. Muerte que da vida. La figura de Cristo en la cruz es el arquetipo, el modelo inconsciente que inspira la fantasía de la civilización agonizante ideada por Crick. Como tantos otros científicos, el biólogo inglés se prohíbe introducir un agente creador (Dios) para explicar el origen de la vida en la tierra pero ¿qué es esa civilización extraterrestre a punto de morir sino el equivalente del Dios cristiano y su promesa de resurrección? Estamos ante la traducción en términos de ciencia e historia de un misterio religioso.

En el libro de Mervin Minsky, *The Society of Mind* (1985), el autor no nos ofrece la divinización de una civilización extraterrestre sino la del ingeniero electrónico. Minsky es una de las autoridades en «inteligencia artificial» y está convencido de que no sólo es factible sino inminente la fabricación de máquinas pensantes. Su libro parte de una analogía; lo que llamamos mente es un conjunto de partes diminutas como las partículas elementales que componen al átomo: electrones, protones, elusivos quarks. Las fuerzas que mueven a las partes que componen la mente no son ni pueden ser diferentes a las que juntan, separan y hacen girar a las partículas atómicas. La analogía más perfecta entre unas y otras es el circuito de llamadas y respuestas en que consiste la operación de una computadora. A mí se me ocurre otra analogía: las pequeñas partes recuerdan a las piezas de un rompecabezas; aisladamente no tienen forma identificable pero unidas con otras se transforman en una mano, una hoja de árbol, una tela, hasta que, todas juntas, cobran figura y sentido: son una joven que se pasea con su perro por una arboleda. Las partes que componen la mente son movibles y, como las piezas del rompecabezas, no saben por qué o para qué se mueven ni quién las mueve. *No piensan*, aunque son partes, y partes indispensables, del pensamiento. Aquí brota una diferencia que deshace la simetría: las piezas del rompecabezas están movidas por una mano que sí sabe lo que hace y para qué lo hace. Una intención inspira a la mano y a la cabeza del jugador. En el caso de la mente no hay jugador: el yo desaparece. La máquina no piensa pero *hace* al pensamiento sin que nadie la guíe.

Un punto que Minsky omite: la relación entre la mente, concebida como un aparato, y el mundo exterior. Para que la mente humana comience a funcionar —en la práctica funciona las veinticuatro horas del día, sin excluir las dedicadas al sueño— necesita recibir un estímulo exterior. El número de esos estímulos exteriores es prácticamente infinito, de modo que la máquina, para escoger aquello que le interesa, debe estar provista de un selector de objetos o temas pensables que sea el equivalente de lo que llamamos sensibilidad, atención y voluntad. Estas facultades no son puramente racionales y están impregnadas de afectividad. Así pues, la máquina tendría que ser, además de inteligente, sensible. En realidad, tendría que convertirse en el exacto duplicado de nuestras facultades: voluntad, imaginación, entendimiento, memoria, etc. Entraríamos así en las fantasías repulsivas de mundos habitados por criaturas idénticas. Por otra parte, incluso si la máquina pensante fuese el duplicado de la mente humana, habría de todos modos una diferencia que no vacilo en llamar inmensa: la mente humana no sabe que es realmente una máquina ni tiene conciencia de serlo; la mente cree en una ilusión: su yo, su conciencia. En el caso de una máquina fabricada por un ingeniero, ¿qué clase de conciencia podría tener? Ante un estímulo dado, la máquina pensante comienza esa serie de operaciones que llamamos sentir, percibir, observar, medir, escoger, combinar, desechar, probar, decidir, etc. Estas operaciones son de orden material y consisten en sucesivas uniones y separaciones, yuxtaposiciones y divisiones de las partes que componen la máquina hasta que aparece un resultado: una idea, un concepto. Platón, Aristóteles, Kant y Hegel se esforzaron por definir lo que es una idea y un concepto, sin lograrlo enteramente. La máquina resuelve el problema: es un momento de una cadena de operaciones materiales realizadas por partículas diminutas y movidas por una corriente eléctrica.

¿Quién realiza las operaciones que *son* el pensamiento de la máquina? Nadie. Para los budistas el yo es una construcción mental sin existencia propia, una quimera. Suprimirlo es suprimir la fuente del error, del deseo y la desdicha, liberarse del fardo del pasado *(karma)* y entrar en lo incondicionado: la liberación absoluta *(nirvana)*. La máquina pensante de Minsky no tiene preocupaciones morales ni religiosas: elimina el yo por ser innecesario. Pero ¿es realmente innecesario? ¿Podemos vivir sin el yo? Para los budistas, la extinción del yo implica la extinción de la ilusión que llamamos vida y nos abre las puertas del nirvana. Para Minsky la supresión del yo no tiene consecuencias morales sino científicas y técnicas. Por lo primero, nos hace comprender el funcionamiento de la mente; por lo segundo, nos permitirá fabricar máquinas pensantes más y más simples y perfectas. Hay que examinar más de cerca esta pretensión.

Desde que el hombre comenzó a pensar, es decir, desde que comenzó a ser hombre, un silencioso testigo lo mira pensar, gozar, sufrir y, en una palabra, vivir: su conciencia. ¿Qué realidad tiene la conciencia, ese *darnos cuenta* de lo que hacemos y pensamos? La idea que tiene Minsky de la conciencia puede compararse a la de la imagen en un espejo. La comparación es útil pues nos permite ver con cierta claridad la diferencia entre una máquina y una conciencia. Si nos miramos en un espejo, la imagen que vemos nos remite a nuestro cuerpo; la conciencia, que no tiene figura visible, no nos remite a un yo (reputado ilusorio por Minsky) pero tampoco, como podría esperarse, al objeto que la origina: el circuito de relaciones entre las diminutas partículas. Si la conciencia es la proyección de un mecanismo, ¿por qué esa proyección y el mecanismo mismo se evaporan y se vuelven invisibles? O dicho de otra manera: si me miro en un espejo, veo mi imagen; si pienso que estoy pensando, esto es, si me doy cuenta de lo que hago, no miro ni miraré nunca mis pensamientos. Pensamos y al pensar nos damos cuenta de que pensamos; no obstante, no vemos lo que pensamos; entonces ¿cómo las descargas eléctricas que provocan los movimientos de las distintas partes que componen la mente, en lugar de transformarse en figuras visibles o audibles, se convierten en pensamientos invisibles y que no ocupan lugar en el espacio? Eliot dijo: *entre el pensamiento y el acto, cae la sombra.* En este caso, la sombra se evapora: el pensamiento tiene cuerpo pero no sombra: es una máquina que vuelve invisible aquello que produce. Es una anomalía, una verdadera singularidad, en el sentido que da Hawking al término. La máquina pensante de Minsky se presenta como un modelo más simple, económico y eficiente de lo que llamamos mente o espíritu. La verdad es que introduce un misterio no menos arduo que la inmaterialidad del alma o que la transubstanciación del pan y el vino en la Eucaristía. Su máquina es milagrosa y estúpida: milagrosa porque produce, con medios materiales, pensamientos invisibles e incorpóreos; estúpida porque no sabe que los piensa.

Descartes fue el primero, según parece, al que se le ocurrió la idea de ver la mente como una máquina. Pero una máquina dirigida por un espíritu. El siglo XVIII concibió al universo como un reloj manejado por un relojero omnisciente: Dios. La idea de una máquina que marcha por sí misma, que nadie maneja y que puede acrecentar, atenuar y cambiar de dirección la corriente que la mueve, es una idea del siglo XX. Aunque esta idea, como se ha visto, es contradictoria, no podemos descartarla del todo. Es un hecho que podemos fabricar máquinas capaces de realizar ciertas operaciones mentales: las computadoras. Aunque no hemos fabricado máquinas que puedan regularse a sí mismas, los especialistas dicen que no es enteramente imposible que lo logremos pronto. La cuestión es saber hasta dónde puede llegar la inteligencia de esas máquinas y cuáles pueden ser los límites de su autonomía. Lo primero quiere decir: ¿la inteligencia humana puede fabricar objetos más inteligentes que ella misma? Si atendemos a la lógica, la respuesta es negativa: para que la inteligencia humana crease inteligencias más inteligentes que ella misma, tendría que ser más inteligente que ella misma. Se trata de una imposibilidad a un tiempo lógica y ontológica. En cuanto a lo segundo: los hombres están movidos por sus deseos, ambiciones y proyectos pero limitados por el poder real de su inteligencia y de los medios de que dispone: ¿cuáles podrían ser las ambiciones y los deseos de las máquinas pensantes? No podrían ser sino aquellos inscritos desde su fabricación por su fabricante: el hombre. La autonomía de las máquinas depende, esencialmente, del hombre. Es una autonomía condicionada, quiero decir: no es una verdadera autonomía.

Vuelvo a la comparación entre las piezas de un rompecabezas y las partes que componen la máquina pensante. Ya señalé que la diferencia entre ambas consiste en que a las piezas del rompecabezas las mueve un jugador y a las de la máquina pensante un programa activado por una corriente eléctrica. ¿Qué ocurre si alguien desconecta a la máquina de su fuente de energía? La máquina deja de *pensar*. El rompecabezas y la máquina dependen de un agente. Y hay algo más: la resolución del enigma que es el rompecabezas consiste en rehacer una figura; el jugador no inventa esa figura sino que reconstruye la que le ofrecen las piezas en diversos y diminutos fragmentos. En el caso de las inteligencias artificiales que conocemos (computadoras) ocurre algo semejante: sus operaciones obedecen a un programa, a un plan del operador del aparato. En ambos casos el agente (yo, razón, alma, operador, como se le quiera llamar) es indispensable. Y lo es por partida doble: porque pone en movimiento al aparato y porque determina de antemano el campo y la índole de sus funciones y operaciones. Pero las máquinas pensantes con que sueñan algunos especialistas de la «inteligencia artificial», ¿no sobrepasan estas limitaciones? Si hemos de creerles, esas máquinas no sólo tendrán la facultad de autorregularse y autodirigirse sino que serán mucho más inteligentes que los hombres. En un arranque de entusiasmo, un autor de obras de ciencia ficción justamente célebres, Arthur C. Clarke dijo recientemente: «considero que el hombre es una especie transitoria, que será suplantada por alguna forma de vida que va a incluir tecnología de computadoras». Se refería sin duda a las inteligencias artificiales. Clarke invoca, como tantos otros, los manes de Darwin: las máquinas pensantes son un momento de la evolución natural, como las amibas, los dinosaurios, las hormigas y los hombres. Pero hay una gran diferencia: Darwin encerró en un paréntesis la noción de un creador, Dios, que hubiese puesto en marcha el proceso de la evolución natural; como Crick y otros muchos, Clarke reintroduce al agente creador, ahora enmascarado como biólogo e ingeniero electrónico.

He transcrito las palabras de Clarke como una muestra de una manera de pensar muy extendida, sobre todo entre los científicos y los técnicos. Debo aclarar que fui lector asiduo de sus libros, fascinante unión de ciencia y fantasía; recuerdo con placer y nostalgia una luminosa tarde de hace más de treinta años, en la que lo vi, sentado con un amigo, en la terraza del hotel Mount Lavinia, en las afueras de Colombo. El mar golpeaba la costa y cubría los peñascos de la diminuta bahía con un manto roto de espumas hirvientes. No me atreví a dirigirle la palabra: me pareció un visitante de otro planeta... En la frase del novelista inglés reaparece, encubierta por preocupaciones de orden científico, el viejo espíritu especulativo que animó no sólo a la filosofía sino, con más frecuencia, a las visiones de los profetas y fundadores de sectas y religiones. La ciencia comenzó por desplazar a Dios del universo; después, entronizó a la historia, a veces encarnada en ideologías redentoras y otras en civilizaciones filantrópicas; ahora coloca en su lugar al científico y al técnico, al fabricante de máquinas más inteligentes que su creador y dueñas de una libertad que no conocieron Lucifer y sus huestes rebeldes. La imaginación religiosa concibió a un Dios superior a sus criaturas; la imaginación técnica ha concebido a un Dios-ingeniero inferior a sus inventos.

Aunque tengo mis reservas acerca de la moderna concepción biológica de la mente, me parece más rica y fecunda que las teorías mecanicistas. Estas últimas ven en las computadoras un modelo para comprenderla y el punto de partida para la fabricación de inteligencias artificiales; en cambio, la concepción biológica tiene bases más firmes pues se funda en la observación del organismo humano, ese extraño y complejo compuesto de sensaciones, percepciones, voliciones, sentimientos, pensamientos y actos. Una teoría de esta naturaleza es la de Gerald M. Edelman, que acaba de publicar un libro que es una fascinante exposición de sus hallazgos y de sus hipótesis.[3] No sólo es un tratado de neurobiología de la mente sino que abarca otros temas, como la aparición de la conciencia en el curso de la evolución y las relaciones de la ciencia biológica con la física y la cosmología. Para Edelman la mente es un producto de la evolución y, así, tiene una historia que es la de la materia misma, de las partículas atómicas a las células y de éstas al pensamiento y sus creaciones. Se trata de una característica que la especie humana comparte, en sus formas más rudimentarias, con los mamíferos, muchas aves y algunos reptiles.

La existencia de materia inteligente en la tierra es, según Edelman, un fenómeno único en el universo. (En esto se aparta de Crick.) Una autoridad en estos asuntos, el neurólogo Oliver Sacks, ha comentado en estos términos el libro de Edelman: «Leemos excitados las últimas teorías sobre la mente —químicas, cuánticas o "computacionales"— y después nos preguntamos: ¿eso es todo?... Si queremos tener una teoría de la mente tal y como opera realmente en los seres vivientes, tiene que ser radicalmente distinta a cualquier teoría inspirada en la computadora. Tiene que fundarse en el sistema nervioso, en la vida interior de la criatura viva, en el funcionamiento de sus sensaciones e intenciones... en su percepción de los objetos, gente y situaciones... en la habilidad de las criaturas superiores para pensar abstracciones y compartir, a través del lengua-

---

3.   G. M. Edelman, *Bright Air, Bright Fire. On the Matter of the Mind*, Basic Books, 1993.

je y la cultura, la conciencia de otros.»[4] O sea: el modelo debe ser el hombre mismo, ese animal que piensa, habla, inventa y vive en sociedades (cultura). Comentaré brevemente algunas de las ideas de Edelman. Como las anteriores, claro está, mis reflexiones no serán de orden científico.

La primera ventaja de la nueva teoría es que desecha la analogía con las computadoras y se resiste al simplismo de las explicaciones meramente físico-químicas. Otra ventaja es su realismo: la mente debe estudiarse precisamente en su medio propio, el organismo humano, como un momento de la evolución natural. Cierto, la teoría es aún incompleta —hay vastos territorios inexplorados— y muchas de sus hipótesis carecen de verificación empírica. Estas limitaciones no invalidan su fecundidad: es una hipótesis que nos hace pensar. Edelman comienza por el comienzo, por la sensación en su forma más simple, que llama *feelings*: frío o calor, desahogo o estrechez, lo dulce o lo amargo, etc. Las sensaciones implican una valoración: esto es desagradable, aquello es placentero, lo de más allá es áspero y así sucesivamente hasta lo más complejo, como la pena que es también alegría o el placer que es dolor. Las sensaciones son percepciones embrionarias, pues, ¿sentiríamos si no nos diésemos cuenta de que sentimos? A su vez, la percepción es concepción; al percibir la realidad le imponemos inmediatamente una forma a nuestra percepción, la construimos: «cada percepción es un acto de creación».

La idea del carácter creador de la percepción, comenta Sacks, aparece ya en Emerson. La verdad es que su origen se remonta a la filosofía griega y era corriente en la psicología medieval y renacentista. Corresponde a la teoría, vi-

4. Oliver Sacks, «Making up the Mind», en *The New York Review of Books*, 8 de abril de 1993.

gente hasta el siglo XVII, sobre la función de los llamados «sentidos interiores»: el sentido común, la estimativa, la imaginativa, la memoria y la fantasía, encargados de recoger y purificar los datos de los cinco sentidos exteriores y transmitirlos, como formas inteligibles, al alma racional. La imagen o forma que recibe el entendimiento no es el dato crudo de los sentidos. En la tradición budista también aparecen estas divisiones, en un orden ligeramente distinto: sensación, percepción, imaginación y entendimiento. Cada una de estas divisiones designa un momento de un proceso que convierte a los datos y estímulos exteriores en impresiones, ideas y conceptos; en la sensación está ya presente la percepción que transmite esos datos a la imaginación que los entrega, como formas, al entendimiento que, por su parte, los transforma en intelecciones. El proceso creador de las operaciones mentales no es una idea nueva aunque sí lo sea la manera en que la neurología moderna describe y explica el proceso.

En cada uno de los momentos de esta complicada serie de operaciones —compuesta de millones de llamadas y respuestas en la red de relaciones neurológicas— aparece una *intención*. Aquello que sentimos y percibimos no es únicamente una sensación o una representación sino algo ya dotado de una dirección, un valor o una inminencia de significación. Como es sabido, la fenomenología de Edmund Husserl se funda en el concepto de intencionalidad. Husserl tomó esta idea, modificándola substancialmente, del filósofo austríaco Franz Brentano. En todas nuestras relaciones con el mundo objetivo —sensaciones, percepciones, imágenes— aparece un elemento sin el cual no hay ni conciencia del mundo ni conciencia de uno mismo: el objeto posee ya, en el momento mismo de aparecer en la conciencia, una dirección, una intención. Según Brentano el sujeto tiene invariablemente una relación intencional con el objeto que percibe; o más claramente: el objeto está incluido en la percepción del sujeto como intencionalidad. El objeto, cualquiera que sea, aparece indefectiblemente como algo deseable o temible o enigmático o útil o ya conocido, etc. Lo mismo sucede con las sensaciones y percepciones de Edelman: no son meras sensaciones ni representaciones: son ya, como él dice, valoraciones. Me parece que es fácil extraer una conclusión de todo esto: la noción de intencionalidad nos remite a un sujeto, sea éste la conciencia de Husserl o el circuito neurológico de Edelman. Sin embargo, Edelman se rehúsa a considerar la existencia de un sujeto al que puede atribuirse la intencionalidad con que aparece el objeto. No obstante su negación del sujeto, a Edelman le impresiona mucho «la unidad con que el mundo aparece ante el perceptor, a pesar de la multitud de maneras de percibirlo que emplea el sistema nervioso».[5] No le impresiona menos que «las teorías actuales de la mente no puedan explicar la existencia de un elemento que integre o unifique todas esas percepciones». Dilema peliagudo: por una parte, negación del sujeto; por la otra, necesidad de un sujeto. ¿Cómo lo resuelve Edelman?

Para hacer más comprensible su concepción, Edelman se sirve de una metáfora: la mente es una orquesta que ejecuta una obra sin director. Los músicos —las neuronas y los grupos de neuronas— están conectados y cada ejecutante responde a otro o lo interpela; así crean colectivamente una pieza musical. A diferencia de las orquestas de la vida real, la orquesta neurológica no toca una partitura ya escrita: improvisa sin cesar. En esas improvisaciones aparecen y reaparecen frases (experiencias) de otros mo-

5. Oliver Sacks, artículo citado.

mentos de ese concierto que ha comenzado en nuestra niñez y que terminará con nuestra muerte. Se me ocurren dos observaciones. La primera: en la hipótesis de Edelman, la iniciativa pasa del director de la orquesta a los ejecutantes. En el caso de la orquesta real, los ejecutantes son sujetos conscientes y con la intención de componer colectivamente una pieza: ¿esa conciencia y esa voluntad existen también en las neuronas? Si es así: ¿las neuronas se han puesto previamente de acuerdo? ¿O hay acaso un orden preestablecido que rige las llamadas y respuestas de las neuronas? En uno y en otro caso el director no desaparece: se disemina. El problema se desplaza pero no se resuelve. La segunda: la improvisación requiere siempre un plan. El ejemplo más inmediato es el del jazz y el de las *ragas* de la India: los músicos improvisan con cierta libertad pero dentro de un patrón y una estructura básica. Lo mismo sucede con las otras improvisaciones, sean musicales o de otra índole. Trátese de una batalla o de un diálogo de negocios, de un paseo por el bosque o de una discusión pública, seguimos un plan. Poco importa que ese plan haya sido trazado un minuto antes y que sea muy vago y esquemático: es un plan. Y todos los planes requieren un planificador. ¿Quién hace el plan de la orquesta neurológica?

Como se ha visto, a Edelman no se le escapa la dificultad de explicar el funcionamiento de las neuronas sin la presencia de un director de orquesta, sin un sujeto. Con cierta frecuencia se refiere al sentimiento de identidad, a un ser y a una conciencia. Estas palabras designan a *construcciones* de las neuronas. El circuito neurológico, conectado con todo nuestro cuerpo y compuesto por millones de neuronas (algunas son tribus nómadas, lo que me asombra y me deja perplejo), no sólo construye nuestro mundo con los ladrillos y piedras de las sensaciones, las percepciones y las intelecciones, sino que construye al sujeto mismo: a nuestro ser y a nuestra conciencia. Construcciones a un tiempo sólidas y evanescentes: nunca desaparecen pero cambian continuamente de forma. Continua metamorfosis de nuestra imagen del mundo y de nosotros mismos. Esta visión —pues se trata de una verdadera visión— recuerda a las concepciones budistas acerca de la naturaleza quimérica de la realidad y del sujeto humano. Para los budistas el yo tampoco tiene una existencia propia e independiente: es una construcción, una conglomeración de elementos mentales y sensoriales. Estos elementos o, más bien, racimos de elementos, son cinco en total (*skhandas* en sánscrito o *khandas* en pali). Los elementos componen al sujeto y a su conciencia; son el producto de nuestro *karma*, la suma de nuestros errores y pecados en vidas pasadas y en la presente. Por la meditación y por otros medios podemos destruir la ignorancia y el deseo, liberarnos del yo y entrar en lo incondicional, un estado indefinible que no es su vida ni muerte y del que no se puede decir absolutamente nada *(nirvana)*.

El parecido entre estas concepciones y las de la neurología es extraordinario. También son notables las diferencias. El constructor del yo, para el budista, es el *karma*; para Edelman, el sistema nervioso. El budista debe destruir al yo si quiere escapar de la desdicha que es nacer y romper el lazo que lo ata a la rueda de las encarnaciones. Para Edelman el yo y la conciencia son construcciones indestructibles, salvo por un trastorno del circuito neurológico (enfermedad o muerte). El yo es una construcción y depende de la interacción de las neuronas. Es un artificio necesario e indispensable: sin él no podríamos vivir. Aquí aparece la gran cuestión: el día en que el hombre descubra que su conciencia y su ser mismo no son sino construcciones, artificios, ¿podrá seguir viviendo como hasta ahora? Parece imposible. En cuanto la conciencia se diese cuenta de que es una construcción del sistema nervioso y de que su funcionamiento depende de las neuronas, perdería su eficacia y dejaría de ser conciencia. La concepción de la conciencia como una construcción de las neuronas afecta no sólo al organismo individual, a cada hombre, sino a la colectividad entera. Nuestras instituciones, leyes, ideas, artes y, en fin, nuestra civilización entera, está fundada en la noción de una persona humana dotada de libertad. ¿Se puede fundar una civilización sobre una construcción neurológica?

Para el budista la liberación comienza en el momento en que el individuo rompe la costra de la ignorancia y se da cuenta de su situación. Este *darse cuenta* es la consecuencia de un acto libre: el yo, la conciencia, decide su disolución para escapar del ciclo vida-muerte-vida... La libertad exige, como la orquesta neurológica, un sujeto, un yo. Sin yo, no hay libertad de decisión; sin libertad —dentro de los límites que he señalado— no hay persona humana. La actitud de Edelman ante esta cuestión es muy matizada. La mente no es, para él, sino «a special kind of process depending on special arrangements of matter». O sea: la materia de que está hecha la mente no es distinta al resto de la materia; lo que es único es su organización. De esta propiedad se deriva otra: cada mente es distinta y única. Cada organismo humano es una colección de experiencias subjetivas, sentimientos y sensaciones *(qualia)*; este conjunto de experiencias, aunque comunicables hasta cierto punto por el lenguaje y por otros medios, constituye un dominio virtualmente inaccesible para las mentes ajenas.

La pluralidad de mentes, señala Edelman, impide una teoría enteramente científica; siempre habrá excepciones, variaciones y regiones desconocidas. Toda descripción científica de la mente está condenada a ser parcial; nuestro conocimiento será siempre aproximado. Esta verdad abarca también a nuestra vida interior: conocerse a sí mismo es, a un tiempo, una necesidad ineludible y un ideal inalcanzable. Así pues, «el problema no consiste en aceptar la existencia de *almas* individuales, pues es claro que cada individuo es único y que no es una máquina...». El problema consiste en «aceptar que las mentes individuales son mortales: ¿se puede fundar una moral sobre esta premisa?» A mí no me parece imposible y Edelman también parece creerlo, aunque se pregunta «¿cuál sería el resultado de aceptar que cada *espíritu* individual es realmente corpóreo y de que, precisamente por serlo, es mortal, *precioso* e impredecible en su creatividad?» En otro pasaje de su libro sugiere que «la nueva visión científica de la mente puede dar nueva vida a la filosofía, limpia ya de la fenomenología husserliana, ayuna de ciencia, y de las reducciones de las teorías mecanicistas».

Es imposible no estar de acuerdo con Edelman sobre estos puntos. Yo también creo que «la filosofía necesita una nueva orientación». Pero estas afirmaciones de Edelman contrastan extrañamente con muchas de sus ideas básicas. Más exactamente: las contradicen. Sacks señala que aún no podemos *ver* los grupos de neuronas ni dibujar los mapas de sus interacciones; tampoco podemos *oír* a la orquesta que sin cesar ejecuta sus improvisaciones en nuestro cerebro. De ahí que Edelman y sus colegas hayan concebido «animales sintéticos, artefactos que actúan por medio de computadoras pero cuya conducta (si se puede usar esta palabra) no está programada ni es *robótica* sino *noética*». (De paso: una palabra de estirpe husserliana.) Edelman no duda de que, en un futuro no demasiado lejano, será perfectamente posible fabricar «artefactos conscientes». Y Sacks comenta: «*felizmente* esto no ocurrirá sino hasta bien entrado el siglo próximo». ¿Felizmente? No podemos lavarnos las manos: es imposible aplazar la discusión de un tema de esta gravedad hasta el siglo próximo. Confieso mi asombro y mi decepción.

Estas divagaciones de un lego acerca de temas científicos de actualidad no han sido una mera digresión: tuvieron un doble objeto. El primero, mostrar que las ciencias contemporáneas, no por insuficiencia sino, al contrario, por su desarrollo mismo, han tenido que hacerse ciertas preguntas filosóficas y metafísicas que, desde hace siglos, habían decidido ignorar los científicos, fuese porque les parecía que estaban fuera de su jurisdicción o porque eran consideradas cuestiones superfluas, contradictorias o sin sentido. El hecho de que muchos y muy notables científicos formulen hoy esas preguntas tiene una clara significación: abre la puerta para que vuelva a discutirse el viejo tema de las relaciones entre el alma y el cuerpo. Apenas si necesito repetir que no pretendo ni deseo una vuelta a las antiguas concepciones. El cuerpo posee hoy atributos que antes fueron del alma y esto, en sí mismo, es saludable. Pero el viejo equilibrio —o más exactamente: el viejo, ligero y fecundo desequilibrio entre el alma y el cuerpo— se ha roto. Todas las civilizaciones han conocido el diálogo —hecho de conjunciones y disyunciones— entre el cuerpo y el no-cuerpo (alma, psiquis, *atman* y otras denominaciones). Nuestra cultura es la primera que ha pretendido abolir ese diálogo por la supresión de uno de los interlocutores: el alma. O si se prefiere un término neutro: el no-cuerpo. Según procuré mostrar en otro escrito, el cuerpo se ha convertido más y más en un mecanismo y lo mismo ha ocurrido con el alma.[6] Cambios en la genealogía del hombre: primero, criatura de Dios; después, resultado de la evolución de las células primigeneas; y ahora mecanismo. La inquietante ascensión de la máquina como arquetipo del ser humano dibuja una interrogación sobre el porvenir de nuestra especie.

Por todo esto me pareció que no era un despropósito comentar, desde un punto de vista ajeno a las ciencias pero no contrario a ellas, algunos de los asuntos que hoy preocupan a los científicos. Me parece que los tiempos están maduros para iniciar una reflexión filosófica, basada en las experiencias de las ciencias contemporáneas, que nos ilumine acerca de las viejas y permanentes cuestiones que han encendido al entendimiento humano: el origen del universo y el de la vida, el lugar del hombre en el cosmos, las relaciones entre nuestra parte pensante y nuestra parte afectiva, el diálogo entre el cuerpo y el alma. Todos estos temas están en relación directa con el objeto de este libro: el amor y su lugar en el horizonte de la historia contemporánea.

El segundo objeto de estas digresiones ha sido mostrar que, al malestar social y espiritual de las democracias liberales, descrito en el capítulo anterior, corresponde un malestar no menos profundo en la esfera de la cultura. En el dominio de la literatura y las artes la dolencia se manifiesta por un doble fenómeno que he analizado en otros escritos: la comercialización de las artes, especialmente la pintura y la novela, así como la multiplicación y proliferación de modas literarias y artísticas de corta vida. Estas modas se propagan con la rapidez de las epidemias medievales y

6. Véase *Conjunciones y disyunciones* (1967).

dejan tantas víctimas como ellas.[7] En el caso de las ciencias ya aludí a lo más grave: la mecanización, la reducción a modelos mecánicos de complejos fenómenos mentales. La idea de «fabricar mentes» lleva espontáneamente a la aplicación de la técnica industrial de la producción en serie: la fabricación de clones, réplicas idénticas de este o aquel tipo de mente individual. De acuerdo con las necesidades de la economía o de la política, los gobiernos o las grandes compañías podrían ordenar la manufactura de este o aquel número de médicos, periodistas, profesores, obreros o músicos. Más allá de la dudosa viabilidad de estos proyectos, es claro que la filosofía en que se sustentan lesiona en su esencia a la noción de persona humana, concebida como un ser único e irrepetible. Esto es lo inquietante de las nuevas concepciones y esto es lo que hoy debemos discutir, «felizmente» o no. Si la criatura humana se convierte en un objeto que puede substituirse y duplicarse por otro, el género humano se vuelve «*expendable*»: algo que puede reemplazarse con facilidad, como los otros productos de la industria. El error de esta concepción es filosófico y moral. Lo segundo es más grave que lo primero. La identificación entre la mente y la máquina no es sino una analogía, tal vez útil desde el punto de vista científico, pero que no puede interpretarse literalmente sin riesgo de terribles abusos. En realidad estamos ante una variante de las sucesivas tentativas de deshumanización que han sufrido los hombres desde el comienzo de la historia.

En el siglo XVI los europeos decidieron que los indios americanos no eran totalmente racionales. Lo mismo se dijo en otras ocasiones de los negros, los chinos, los hin-

---

7. Véase *La otra voz. Poesía y fin de siglo* (1990).

dúes y otras colectividades. Deshumanización por la diferencia: si ellos no son como nosotros, ellos no son enteramente humanos. En el siglo XIX Hegel y Marx estudiaron otra variedad, fundada no en la diferencia sino en la enajenación. Para Hegel la enajenación es tan vieja como la especie humana: comenzó en el alba de la historia con la sumisión del esclavo a la voluntad de un amo. Marx descubrió otra variante, la del trabajador asalariado: la inserción de un hombre concreto es una categoría abstracta que lo despoja de su individualidad. En ambos casos literalmente se roba a la persona humana de una parte de su ser, se reduce el hombre al estado de cosa y de instrumento. Tocó a los nazis y a los comunistas llevar a su conclusión final estas mutilaciones psíquicas. Los dos totalitarismos se propusieron la abolición de la singularidad y diversidad de las personas: los nazis, en nombre de un absoluto biológico, la raza; los comunistas, en nombre de un absoluto histórico, la clase, representada por una ortodoxia ideológica encarnada en un Comité Central. Ahora, en nombre de la ciencia, se pretende no el exterminio de este o aquel grupo de individuos sino la fabricación en masa de androides. Entre las novelas de predicción del futuro, la más actual hoy no es la de Orwell sino la de Huxley: *A Brave New World*. La esclavitud tecnológica está a la vista. La persona humana sobrevivió a dos totalitarismos: ¿sobrevivirá a la tecnificación del mundo?

Este largo rodeo ha tocado a su fin. Su conclusión es breve: los males que aquejan a las sociedades modernas son políticos y económicos pero asimismo son morales y espirituales. Unos y otros amenazan al fundamento de nuestras sociedades: la idea de persona humana. Esa idea ha sido la fuente de las libertades políticas e intelectuales; asimismo, la creadora de una de las grandes invenciones humanas: el amor. La reforma política y social de las democracias liberales capitalistas debe ir acompañada de una reforma no menos urgente del pensamiento contemporáneo. Kant hizo la crítica de la razón pura y de la razón práctica; necesitamos hoy otro Kant que haga la crítica de la razón científica. El momento es propicio porque en la mayoría de las ciencias es visible, hasta donde los legos podemos advertirlo, un movimiento de autorreflexión y autocrítica, como lo muestran admirablemente los cosmólogos modernos. El diálogo entre la ciencia, la filosofía y la poesía podría ser el preludio de la reconstitución de la unidad de la cultura. El preludio también de la resurrección de la persona humana, que ha sido la piedra de fundación y el manantial de nuestra civilización.

REPASO: LA DOBLE LLAMA

Todos los días oímos esta frase: nuestro siglo es el siglo de la comunicación. Es un lugar común que, como todos, encierra un equívoco. Los medios modernos de transmisión de las noticias son prodigiosos; lo son mucho menos las formas en que usamos esos medios y la índole de las noticias e informaciones que se transmiten en ellos. Los medios muchas veces manipulan la información y, además, nos inundan con trivialidades. Pero aun sin esos defectos toda comunicación, incluso la directa y sin intermediarios, es equívoca. El diálogo, que es la forma más alta de comunicación que conocemos, siempre es un afrontamiento de alteridades irreductibles. Su carácter contradictorio consiste en que es un intercambio de informaciones concretas y singulares para el que las emite y abstractas y generales para el que las recibe. Digo *verde* y aludo a una sensación particular, única e inseparable de un instante, un lugar y un estado psíquico y físico: la luz cayendo sobre la yedra verde esta tarde un poco fría de primavera. Mi interlocutor escucha una serie de sonidos, percibe una situación y vislumbra la idea de *verde*. ¿Hay posibilidades de comunicación concreta? Sí, aunque el equívoco nunca desaparece del todo. Somos hombres, no ángeles. Los sentidos nos comunican con el mundo y, simultáneamente, nos encierran en nosotros mismos: las sensaciones son subjetivas e indecibles. El pensamiento y el lenguaje son puentes pero, precisamente por serlo, no suprimen la distancia entre nosotros y la realidad exterior. Con esta salvedad, puede decirse que la poesía, la fiesta y el amor son formas de comunicación concreta, es decir, de comunión. Nueva dificultad: la comunión es indecible y, en cierto modo, excluye la comunicación: no es un intercambio de noticias sino una fusión. En el caso de la poesía, la comunión comienza en una zona de silencio, precisamente cuando termina el poema. Podría definirse al poema como un organismo verbal productor de silencios. En la fiesta —pienso, ante todo, en los ritos y en otras ceremonias religiosas— la fusión se opera en sentido contrario: no el regreso al silencio, refugio de la subjetividad, sino entrada en el gran todo colectivo: el yo se vuelve un nosotros. En el amor, la contradicción entre comunicación y comunión es aún más patente.

El encuentro erótico comienza con la visión del cuerpo deseado. Vestido o desnudo, el cuerpo es una presencia: una forma que, por un instante, es todas las formas del mundo. Apenas abrazamos esa forma, dejamos de percibirla como presencia y la asimos como una materia concreta, palpable, que cabe en nuestros brazos y que, no obstante, es ilimitada. Al abrazar a la presencia, dejamos de verla y ella misma deja de ser presencia. Dispersión del cuerpo deseado: vemos sólo unos ojos que nos miran, una garganta iluminada por la luz de una lámpara y pronto vuelta a la noche, el brillo de un muslo, la sombra que desciende del ombligo al sexo. Cada uno de estos fragmentos vive por sí solo pero alude a la totalidad del cuerpo. Ese cuerpo que, de pronto, se ha vuelto infinito. El cuerpo de mi pareja deja de ser una forma y se convierte en una substancia informe e inmensa en la que, al mismo tiempo, me pierdo y me recobro. Nos perdemos como personas y nos recobramos como sensaciones. A medida que la sensación se hace más intensa, el cuerpo que abrazamos se hace más y más inmenso. Sensación de infinitud: perdemos cuerpo en ese cuerpo. El abrazo carnal es el apogeo del cuerpo y la pérdida del cuerpo. También es la experiencia de la pérdida de la identidad: dispersión de las formas en mil sensaciones y visiones, caída en una substancia oceánica, evaporación de la esencia. No hay forma ni presencia: hay la ola que nos mece, la cabalgata por las llanuras de la noche. Experiencia circular: se inicia por la abolición del cuerpo de la pareja, convertido en una substancia infinita que palpita, se expande, se contrae y nos encierra en las aguas primordiales; un instante después, la substancia se desvanece, el cuerpo vuelve a ser cuerpo y reaparece la presencia. Sólo podemos percibir a la mujer amada como forma que esconde una alteridad irreductible o como substancia que se anula y nos anula.

La condenación del amor carnal como un pecado contra el espíritu no es cristiana sino platónica. Para Platón la forma es la idea, la esencia. El cuerpo es una presencia en el sentido real de la palabra: la manifestación sensible de la esencia. Es el trasunto, la copia de un arquetipo divino: la idea eterna. Por esto, en el *Fedro* y en *El Banquete*, el amor más alto es la contemplación del cuerpo hermoso: contemplación arrobada de la forma que es esencia. El abrazo carnal entraña una degradación de la forma en substancia y de la idea en sensación. Por esto también Eros es invisible; no es una presencia:

es la obscuridad palpitante que rodea a Psiquis y la arrastra en una caída sin fin. El enamorado ve la presencia bañada por la luz de la idea; quiere asirla pero cae en la tiniebla de un cuerpo que se dispersa en fragmentos. La presencia reniega de su forma, regresa a la substancia original para, al fin, anularse. Anulación de la presencia, disolución de la forma: pecado contra la esencia. Todo pecado atrae un castigo: vueltos del arrebato, nos encontramos de nuevo frente a un cuerpo y un alma otra vez extraños. Entonces surge la pregunta ritual: ¿en qué piensas? Y la respuesta: en nada. Palabras que se repiten en interminables galerías de ecos.

No es extraño que Platón haya condenado al amor físico. Sin embargo, no condenó a la reproducción. En *El Banquete* llama divino al deseo de procrear: es ansia de inmortalidad. Cierto, los hijos del alma, las ideas, son mejores que los hijos de la carne; sin embargo, en las *Leyes* exalta a la reproducción corporal. La razón: es un deber político engendrar ciudadanos y mujeres que sean capaces de asegurar la continuidad de la vida en la ciudad. Aparte de esta consideración ética y política, Platón percibió claramente la vertiente pánica del amor, su conexión con el mundo de la sexualidad animal y quiso romperla. Fue coherente consigo mismo y con su visión del mundo de las ideas incorruptibles. Pero hay una contradicción insalvable en la concepción platónica del erotismo: sin el cuerpo y el deseo que enciende en el amante, no hay ascensión hacia los arquetipos. Para contemplar las formas eternas y participar en la esencia, hay que pasar por el cuerpo. No hay otro camino. En esto el platonismo es el opuesto a la visión cristiana: el eros platónico busca la desencarnación mientras que el misticismo cristiano es sobre todo un amor de encarnación, a ejemplo de Cristo, que se hizo carne para salvarnos. A pesar de esta diferencia, ambos coinciden en su voluntad de romper con este mundo y subir al otro. El platónico por la escala de la contemplación, el cristiano por el amor a una divinidad que, misterio inefable, ha encarnado en un cuerpo.

Unidos en su negación de este mundo, el platonismo y el cristianismo vuelven a separarse en otro punto fundamental. En la contemplación platónica hay participación, no reciprocidad: las formas eternas no aman al hombre; en cambio, el Dios cristiano padece por los hombres, el Creador está enamorado de sus criaturas. Al amar a Dios, dicen los teólogos y los místicos, le devolvemos, pobremente, el inmenso amor que nos tiene. El amor humano, tal como lo conocemos y vivimos en Occidente desde la época del «amor cortés», nació de la confluencia entre el platonismo y el cristianismo y, asimismo, de sus oposiciones. El amor humano, es decir, el verdadero amor, no niega al cuerpo ni al mundo. Tampoco aspira a otro ni se ve como un tránsito hacia una eternidad más allá del cambio y del tiempo. El amor es amor no *a* este mundo sino *de* este mundo; está atado a la tierra por la fuerza de gravedad del cuerpo, que es placer y muerte. Sin alma —o como quiera llamarse a ese *soplo* que hace de cada hombre y de cada mujer una *persona*— no hay amor pero tampoco lo hay sin cuerpo. Por el cuerpo, el amor es erotismo y así se comunica con las fuerzas más vastas y ocultas de la vida. Ambos, el amor y el erotismo —llama doble— se alimentan del fuego original: la sexualidad. Amor y erotismo regresan siempre a la fuente primordial, a Pan y a su alarido que hace temblar la selva.

El reverso del Eros platónico es el tantrismo, en sus dos grandes ramas: la hindú y la budista. Para el adepto de Tantra, el cuerpo no manifiesta la esencia: es un camino de iniciación. Más allá no está la esencia, que para Platón es un objeto de contemplación y de participación; al final de la experiencia erótica el adepto llega, si es budista, a la vacuidad, un estado en que la nada y el ser son idénticos; si es hindú, a un estado semejante pero en el que el elemento determinante no es la nada sino el ser —un ser siempre idéntico a él mismo, más allá del cambio. Doble paradoja: para el budista, la nada está llena; para el hinduista, el ser está vacío. El rito central del tantrismo es la copulación. Poseer un cuerpo y recorrer en él y con él todas las etapas del abrazo erótico, sin excluir a ninguno de sus extravíos o aberraciones, es repetir ritualmente el proceso cósmico de la creación, la destrucción y la recreación de los mundos. También es una manera de romper ese proceso y detener la rueda del tiempo y de las sucesivas reencarnaciones. El yogui debe evitar la eyaculación y esta práctica obedece a dos propósitos: negar la función reproductiva de la sexualidad y transformar el semen en pensamiento de iluminación. Alquimia erótica: la fusión del yo y del mundo, del pensamiento y la realidad, produce un relámpago: la iluminación, llamarada súbita que literalmente consume al sujeto y al objeto. No queda nada: el yogui se ha disuelto en lo incondicionado. Abolición de las formas. En el tantrismo hay una violencia metafísica ausente en el platonismo: romper el ciclo cósmico para penetrar en lo incondicionado. La cópula ritual es, por una parte, una inmersión en el caos, una vuelta a la fuente original de la vida; por otra, es una práctica ascética, una purificación de los sentidos y de la mente, una desnudez progresiva hasta llegar a la anulación del mundo y del yo. El yogui no debe retroceder ante ninguna caricia pero su goce, cada vez más concentrado, debe transformarse en suprema indiferencia. Curioso paralelo con

Sade, que veía en el libertinaje un camino hacia la ataraxia, la insensibilidad de la piedra volcánica.

Las diferencias entre el tantrismo y el platonismo son instructivas. El amante platónico contempla la forma, el cuerpo, sin caer en el abrazo; el yogui alcanza la liberación a través de la cópula. En un caso, la contemplación de la forma es un viaje que conduce a la visión de la esencia y a la participación con ella; en el otro, la cópula ritual exige atravesar la tiniebla erótica y realizar la destrucción de las formas. A pesar de ser un rito acentuadamente carnal, el erotismo tántrico es una experiencia de desencarnación. El platonismo implica una represión y una sublimación: la forma amada es intocable y así se substrae de la agresión sádica. El yogui aspira a la abolición del deseo y de ahí la naturaleza contradictoria de su tentativa: es un erotismo ascético, un placer que se niega a sí mismo. Su experiencia está impregnada de un sadismo no físico sino mental: hay que destruir las formas. En el platonismo, el cuerpo amado es intocable; en el tantrismo el intocable es el espíritu del yogui. Por esto tiene que agotar, durante el abrazo, todas las caricias que proponen los manuales de erotología pero reteniendo la descarga seminal; si lo consigue, alcanza la indiferencia del diamante: impenetrable, luminoso y transparente.

Aunque las diferencias entre el platonismo y el tantrismo son muy hondas —corresponden a dos visiones del mundo y del hombre radicalmente opuestas— hay un punto de unión entre ellos: *el otro* desaparece. Tanto el cuerpo que contempla el amante platónico como la mujer que acaricia el yogui, son objetos, escalas en una ascensión hacia el cielo puro de las esencias o hacia esa región fuera de los mapas que es lo incondicionado. El fin que ambos persiguen está más allá del otro. Esto es, esencialmente, lo que los separa del amor, tal como ha sido descrito en estas páginas. Es útil repetirlo: el amor no es la búsqueda de la idea o la esencia; tampoco es un camino hacia un estado más allá de la idea y la no-idea, el bien y el mal, el ser y el no-ser. El amor no busca nada más allá de sí mismo, ningún bien, ningún premio; tampoco persigue una finalidad que lo trascienda. Es indiferente a toda trascendencia: principia y acaba en él mismo. Es una atracción por un alma y un cuerpo; no una idea: una persona. Esa persona es única y está dotada de libertad; para poseerla, el amante tiene que ganar su voluntad. Posesión y entrega son actos recíprocos.

Como todas las grandes creaciones del hombre, el amor es doble: es la suprema ventura y la desdicha suprema. Abelardo llamó al relato de su vida: *Historia de mis calamidades.* Su mayor calamidad fue también su más grande felicidad: haber encontrado a Eloísa y ser amado por ella. Por ella fue hombre: conoció el amor; y por ella dejó de serlo: lo castraron. La historia de Abelardo es extraña, fuera de lo común; sin embargo, en todos los amores, sin excepción, aparecen esos contrastes, aunque casi siempre menos acusados. Los amantes pasan sin cesar de la exaltación al desánimo, de la tristeza a la alegría, de la cólera a la ternura, de la desesperación a la sensualidad. Al contrario del libertino, que busca a un tiempo el placer más intenso y la insensibilidad moral más absoluta, el amante está perpetuamente movido por sus contradictorias emociones. El lenguaje popular, en todos los tiempos y lugares, es rico en expresiones que describen la vulnerabilidad del enamorado: el amor es una herida, una llaga. Pero, como dice San Juan de la Cruz, es «una llaga regalada», un «cauterio suave», una «herida deleitosa». Sí, el amor es una flor de sangre. También es un talismán. La vulnerabilidad de los amantes los defiende. Su escudo es su indefensión, están armados de su desnudez. Cruel paradoja: la sensibilidad extrema de los amantes es la otra cara de su indiferencia, no menos extrema, ante todo lo que no sea su amor. El gran peligro que acecha a los amantes, la trampa mortal en que caen muchos, es el egoísmo. El castigo no se hace esperar: los amantes no ven nada ni a nadie que no sea ellos mismos hasta que se petrifican... o se aburren. El egoísmo es un pozo. Para salir al aire libre, hay que mirar más allá de nosotros mismos: allá está el mundo y nos espera.

El amor no nos preserva de los riesgos y desgracias de la existencia. Ningún amor, sin excluir a los más apacibles y felices, escapa a los desastres y desventuras del tiempo. El amor, cualquier amor, está hecho de tiempo y ningún amante puede evitar la gran calamidad: la persona amada está sujeta a las afrentas de la edad, la enfermedad y la muerte. Como un remedio contra el tiempo y la seducción del amor, los budistas concibieron un ejercicio de meditación que consistía en imaginar al cuerpo de la mujer como un saco de inmundicias. Los monjes cristianos también practicaron estos ejercicios de denigración de la vida. El remedio fue vano y provocó la venganza del cuerpo y de la imaginación exasperada: las tentaciones a un tiempo terribles y lascivas de los anacoretas. Sus visiones, aunque sombras hechas de aire, fantasmas que la luz disipa, no son quimeras: son realidades que viven en el subsuelo psíquico y que la abstención alimenta y fortifica. Transformadas en monstruos por la imaginación, el deseo las desata. Cada una de las criaturas que pueblan el infierno de San Antonio es un emblema de una pasión reprimida. La negación de la vida se resuelve en violencia. La abstención no nos libra del tiempo: lo transforma en agresión psíquica, contra los otros y contra nosotros mismos.

No hay remedio contra el tiempo. O, al menos, no lo conocemos. Pero hay que confiarse a la corriente temporal, hay que vivir. El cuerpo envejece porque es tiempo como todo lo que existe sobre esta tierra. No se me oculta que hemos logrado prolongar la vida y la juventud. Para Balzac la edad crítica de la mujer comenzaba a los treinta años; ahora a los cincuenta. Muchos científicos piensan que en un futuro más o menos próximo será posible evitar los achaques de la vejez. Estas predicciones optimistas contrastan con lo que sabemos y vemos todos los días: la miseria aumenta en más de la mitad del planeta, hay hambrunas e incluso en la antigua Unión Soviética, en los últimos años del régimen comunista, aumentó la tasa de la mortalidad infantil. (Ésta es una de las causas que explican el desplome del imperio soviético.) Pero aun si se cumpliesen las previsiones de los optimistas, seguiríamos siendo súbditos del tiempo. Somos tiempo y no podemos substraernos a su dominio. Podemos transfigurarlo, no negarlo ni destruirlo. Esto es lo que han hecho los grandes artistas, los poetas, los filósofos, los científicos y algunos hombres de acción. El amor también es una respuesta: por ser tiempo y estar hecho de tiempo, el amor es, simultáneamente, conciencia de la muerte y tentativa por hacer del instante una eternidad. Todos los amores son desdichados porque todos están hechos de tiempo, todos son el nudo frágil de dos criaturas temporales y que saben que van a morir; en todos los amores, aun en los más trágicos, hay un instante de dicha que no es exagerado llamar sobrehumana: es una victoria contra el tiempo, un vislumbrar el otro lado, ese allá que es un aquí, en donde nada cambia y todo lo que es realmente *es*.

La juventud es el tiempo del amor. Sin embargo, hay jóvenes viejos incapaces de amor, no por impotencia sexual sino por sequedad de alma; también hay viejos jóvenes enamorados: unos son ridículos, otros patéticos y otros más sublimes. Pero ¿podemos amar a un cuerpo envejecido o desfigurado por la enfermedad? Es muy difícil, aunque no enteramente imposible. Recuérdese que el erotismo es singular y no desdeña ninguna anomalía. ¿No hay monstruos hermosos? Además, es claro que podemos seguir amando a una persona, a pesar de la erosión de la costumbre y la vida cotidiana o de los estragos de la vejez y la enfermedad. En esos casos, la atracción física cesa y el amor se transforma. En general se convierte no en piedad sino en compasión, en el sentido de compartir y participar en el sufrimiento de otro. Ya viejo, Unamuno decía: no siento nada cuando rozo las piernas de mi mujer pero me duelen las mías si a ella le duelen las suyas. La palabra *pasión* significa sufrimiento y, por extensión, designa también al sentimiento amoroso. El amor es sufrimiento, padecimiento, porque es carencia y deseo de posesión de aquello que deseamos y no tenemos; a su vez, es dicha porque es posesión, aunque instantánea y siempre precaria. El *Diccionario de Autoridades* registra otra palabra hoy en desuso pero empleada por Petrarca: *comphatía*. Deberíamos reintroducirla en la lengua pues expresa con fuerza este sentimiento de amor transfigurado por la vejez o la enfermedad del ser amado.

Según la tradición, el amor es un compuesto indefinible de alma y cuerpo; entre ellos, a la manera de un abanico, se despliegan una serie de sentimientos y emociones que van de la sexualidad más directa a la veneración, de la ternura al erotismo. Muchos de esos sentimientos son negativos: en el amor hay rivalidad, despecho, miedo, celos y finalmente odio. Ya lo dijo Catulo: el odio es indistinguible del amor. Esos afectos y esos resentimientos, simpatías y antipatías, se mezclan en todas las relaciones amorosas y componen un licor único, distinto en cada caso y que cambia de coloración, aroma y sabor según cambian el tiempo, las circunstancias y los humores. Es un filtro más poderoso que el de Tristán e Isolda. Da vida y muerte: todo depende de los amantes. Puede transformarse en pasión, aborrecimiento, ternura y obsesión. A cierta edad, puede convertirse en *comphatía*. ¿Cómo definir a este sentimiento? No es un afecto de la cabeza ni del sexo sino del corazón. En el fruto último del amor, cuando se ha vencido a la costumbre, al tedio y a esa tentación insidiosa que nos hace odiar todo aquello que hemos amado.

El amor es intensidad y por esto es una distensión del tiempo: estira los minutos y los alarga como siglos. El tiempo, que es medida isócrona, se vuelve discontinuo e inconmensurable. Pero después de cada uno de esos instantes sin medida, volvemos al tiempo y a su horario: no podemos escapar de la sucesión. El amor comienza con la mirada: miramos a la persona que queremos y ella nos mira. ¿Qué vemos? Todo y nada. No por mucho tiempo; al cabo de un momento, desviamos los ojos. De otro modo, ya lo dije, nos petrificaríamos. En uno de sus poemas más complejos, Donne se refiere a esta situación. Arrobados, los amantes se miran interminablemente:

> Wee, like sepulchrall statues lay;
> All day, the same our postures were,
> And wee said nothing, all the day.

Si se prolongase esta inmóvil beatitud, pereceríamos. Debemos volver a nuestros cuerpos, la vida nos reclama:

213

Tenemos que mirar, juntos, al mundo que nos rodea. Tenemos que ir más allá, al encuentro de lo desconocido.

Si el amor es tiempo, no puede ser eterno. Está condenado a extinguirse o a transformarse en otro sentimiento. La historia de Filemón y Baucis, contada por Ovidio en el libro VIII de *Las metamorfosis*, es un ejemplo encantador. Júpiter y Mercurio recorren Frigia pero no encuentran hospitalidad en ninguna de las casas adonde piden albergue, hasta que llegan a la choza del viejo, pobre y piadoso Filemón y de su anciana esposa, Baucis. La pareja los acoge con generosidad, les ofrece un lecho rústico de algas y una cena frugal, rociada con un vino nuevo que beben en vasos de madera. Poco a poco los viejos descubren la naturaleza divina de sus huéspedes y se prosternan ante ellos. Los dioses revelan su identidad y ordenan a la pareja que suba con ellos a la colina. Entonces, con un signo, hacen que las aguas cubran la tierra de los frigios impíos y convierten en pantano sus casas y sus campos. Desde lo alto, Baucis y Filemón ven con miedo y lástima la destrucción de sus vecinos; después, maravillados, presencian como su choza se transforma en un templo de mármol y techo dorado. Entonces Júpiter les pide que digan su deseo. Filemón cruza unas cuantas palabras con Baucis y ruega a los dioses que los dejen ser, mientras duren sus vidas, guardianes y sacerdotes del santuario. Y añade: puesto que hemos vivido juntos desde nuestra juventud, queremos morir unidos y a la misma hora: «que yo no vea la pira de Baucis ni que ella me sepulte». Y así fue: muchos años guardaron el templo hasta que, gastados por el tiempo, Baucis vio a Filemón cubrirse de follajes y Filemón vio como el follaje cubría a Baucis. Juntos dijeron: «Adiós, esposo» y la corteza ocultó sus bocas. Filemón y Baucis se convirtieron en dos árboles: una encina y un tilo. No vencieron al tiempo, se abandonaron a su curso y así lo transformaron y se transformaron.

Filemón y Baucis no pidieron la inmortalidad ni quisieron ir más allá de la condición humana: la aceptaron, se sometieron al tiempo. La prodigiosa metamorfosis con la que los dioses —el tiempo— los premiaron, fue un regreso: volvieron a la naturaleza para compartir con ella, y en ella, las sucesivas transformaciones de todo lo vivo. Así, su historia nos ofrece a nosotros, en este fin de siglo, otra lección. La creencia en la metamorfosis se fundó, en la Antigüedad, en la continua comunicación entre los tres mundos: el sobrenatural, el humano y el de la naturaleza. Ríos, árboles, colinas, bosques, mares, todo estaba animado, todo se comunicaba y todo se transformaba al comunicarse. El cristianismo desacralizó a la naturaleza y trazó una línea divisoria e infranqueable entre el mundo natural y el humano. Huyeron las ninfas, las náyades, los sátiros y los tritones o se convirtieron en ángeles o en demonios. La Edad Moderna acentuó el divorcio: en un extremo, la naturaleza y, en el otro, la cultura. Hoy, al finalizar la modernidad, redescubrimos que somos parte de la naturaleza. La tierra es un sistema de relaciones o, como decían los estoicos, una «conspiración de elementos», todos movidos por la simpatía universal. Nosotros somos partes, piezas vivas en ese sistema. La idea del parentesco de los hombres con el universo aparece en el origen de la concepción del amor. Es una creencia que comienza con los primeros poetas, baña a la poesía romántica y llega hasta nosotros. La semejanza, el parentesco entre la montaña y la mujer o entre el árbol y el hombre, son ejes del sentimiento amoroso. El amor puede ser ahora, como lo fue en el pasado, una vía de reconciliación con la naturaleza. No podemos cambiarnos en fuentes o encinas, en pájaros o en toros, pero podemos *reconocernos* en ellos.

No menos triste que ver envejecer y morir a la persona que amamos, es descubrir que nos engaña o que ha dejado de querernos. Sometido al tiempo, al cambio y a la muerte, el amor es víctima también de la costumbre y del cansancio. La convivencia diaria, si los enamorados carecen de imaginación, puede acabar con el amor más intenso. Poco podemos contra los infortunios que reserva el tiempo a cada hombre y a cada mujer. La vida es un continuo riesgo, vivir es exponerse. La abstención del ermitaño se resuelve en delirio solitario, la fuga de los amantes en muerte cruel. Otras pasiones pueden seducirnos y arrebatarnos. Unas superiores, como el amor a Dios, al saber o a una causa; otras bajas, como el amor al dinero o al poder. En ninguno de esos casos desaparece el riesgo inherente a la vida: el místico puede descubrir que corría detrás de una quimera, el saber no defiende al sabio de la decepción que es todo saber, el poder no salva al político de la traición del amigo. La gloria es una cifra equivocada con frecuencia y el olvido es más fuerte que todas las reputaciones. Las desdichas del amor son las desdichas de la vida.

A pesar de todos los males y todas las desgracias, siempre buscamos querer y ser queridos. El amor es lo más cercano, en esta tierra, a la beatitud de los bienaventurados. Las imágenes de la edad de oro y del paraíso terrenal se confunden con las del amor correspondido: la pareja en el seno de una naturaleza reconciliada. A través de más de dos milenios, lo mismo en Occidente que en Oriente, la imaginación ha creado parejas ideales de amantes que son la cristalización de nuestros deseos, sueños, temores y obsesiones. Casi siempre esas parejas son jóvenes: Dafnis y Cloe, Calixto y Melibea, Bao-yu y Dai-yu. Una de las excepciones es, precisamente, la de Filemón y Baucis. Emblemas del amor, esas parejas conocen una dicha sobrehumana pero también un final trágico. La Antigüedad vio en el amor un desvarío e incluso el mismo Ovidio, gran cantor de los amoríos fáciles, dedicó un libro entero, las *Heroidas*, a las desventuras del amor: separación, ausencia, engaño. Se trata de veintiuna epístolas de mujeres célebres a los amantes y esposos que las han abandonado, todos ellos héroes legendarios. Sin embargo, para la Antigüedad el arquetipo fue juvenil y dichoso: Dafnis y Cloe, Eros y Psiquis. En cambio, la Edad Media se inclina decididamente por el modelo trágico. El poema de Tristán comienza así: «Señores, ¿les agradaría oír un hermoso cuento de amor y de muerte? Se trata de la historia de Tristán y de Isolda, la reina. Escuchad cómo, entre grandes alegrías y penas, se amaron y murieron el mismo día, él por ella y ella por él...» Desde el Renacimiento, nuestro arquetipo también es trágico: Calixto y Melibea, pero, sobre todo y ante todo, *Romeo y Julieta*. Esta última es la más triste de todas esas historias, pues los dos mueren inocentes y víctimas no del destino sino de la casualidad. Con Shakespeare el accidente destrona al Destino antiguo y a la Providencia cristiana.

Hay una pareja que abarca a todas las parejas, de los viejos Filemón y Baucis a los adolescentes Romeo y Julieta; su figura y su historia son las de la condición humana en todos los tiempos y lugares: Adán y Eva. Son la pareja primordial, la que contiene a todas. Aunque es un mito judeo-cristiano, tiene equivalentes o paralelos en los relatos de otras religiones. Adán y Eva son el comienzo y el fin de cada pareja. Viven en el paraíso, un lugar que no está más allá del tiempo sino en su principio. El paraíso es lo que está *antes*; la historia es la degradación del tiempo primordial, la caída del *eterno ahora* en la sucesión. Antes de la historia, en el paraíso, la naturaleza era inocente y cada criatura vivía en armonía con las otras, con ella misma y con el todo. El pecado de Adán y Eva los arroja al tiempo sucesivo: al cambio, al accidente, al trabajo y a la muerte. La naturaleza, corrompida, se divide y comienza la enemistad entre las criaturas, la carnicería universal: todos contra todos. Adán y Eva recorren este mundo duro y hostil, lo pueblan con sus actos y sus sueños, lo humedecen con su llanto y con el sudor de su cuerpo. Conocen la gloria del hacer y del procrear, el trabajo que gasta el cuerpo, los años que nublan la vista y el espíritu, el horror del hijo que muere y del hijo que mata, comen el pan de la pena y beben el agua de la dicha. El tiempo los habita y el tiempo los deshabita. Cada pareja de amantes revive su historia, cada pareja sufre la nostalgia del paraíso, cada pareja tiene conciencia de la muerte y vive un continuo cuerpo a cuerpo con el tiempo sin cuerpo… Reinventar el amor es reinventar a la pareja original, a los desterrados del Edén, creadores de este mundo y de la historia.

El amor no vence a la muerte: es una apuesta contra el tiempo y sus accidentes. Por el amor vislumbramos, en esta vida, a la otra vida. No a la vida eterna sino, como he tratado de decirlo en algunos poemas, a la vivacidad pura. En un pasaje célebre, al hablar de la experiencia religiosa, Freud se refiere al «sentimiento oceánico», ese sentirse envuelto y mecido por la totalidad de la existencia. Es la dimensión pánica de los antiguos, el *furor* sagrado, el entusiasmo: recuperación de la totalidad y descubrimiento del yo como totalidad dentro del Gran Todo. Al nacer, fuimos arrancados de la totalidad; en el amor todos nos hemos sentido regresar a la totalidad original. Por esto, las imágenes poéticas transforman a la persona amada en naturaleza —montaña, agua, nube, estrella, selva, mar, ola— y, a su vez, la naturaleza habla como si fuese mujer. Reconciliación con la totalidad que es el mundo. También con los tres tiempos. El amor no es la eternidad; tampoco es el tiempo de los calendarios y los relojes, el tiempo sucesivo. El tiempo del amor no es grande ni chico: es la percepción instantánea de todos los tiempos en uno solo, de todas las vidas en un instante. No nos libra de la muerte pero nos hace verla a la cara. Ese instante es el reverso y el complemento del «sentimiento oceánico». No es el regreso a las aguas de origen sino la conquista de un estado que nos reconcilia con el exilio del paraíso. Somos el teatro del abrazo de los opuestos y de su disolución, resueltos en una sola nota que no es de afirmación ni de negación sino de aceptación. ¿Qué ve la pareja, en el espacio de un parpadeo? La identidad de la aparición y la desaparición, la verdad del cuerpo y del no-cuerpo, la visión de la presencia que se disuelve en un esplendor: vivacidad pura, latido del tiempo.

México, a 1 de mayo de 1993

ÍNDICE